KB065857

열 다 섯 에
곰 이 라 니

열다섯에 곰이라니

추정경 장편소설

다섯
책방

차례

곰 이 된 태 웅

56점이란 점수는 마치 수학과 '썸'을 타는 듯 애매한 기분이 들게 만드는 점수였다

사랑하는 것도 아니고, 관심이 없는 것도 아니고, 사귀는 것도 아니고, 모른다고 하기에도 애매모호한 사이의 결과물. 뜨겁게 사랑했다면 펄펄 끓는 100도를 찍었을 텐데, 어정쩡하게 수업 시간과 학원 시간에만 만나 잠시 데이트하는 사이에선 최선의 점수가 아닌가.

태웅은 본인의 수학 점수에 대해 이런 궤변을 늘어놓았다. 억울하게도 공부를 안 한 것도 아닌, 놀았다는 것을 증명할 수도 없고 공부했다는 걸 증명할 수도 없는 난감한 숫자였다.

엄마식 표현에 따르면 들인 돈의 백 퍼센트, 천 퍼센트를

뽑아낸다는 누나의 시험 성적은 늘 태웅을 좌절하게 했다. 동생은 자신과 비교해 오십보백보였으나 동생이 고양이 눈곱만큼 조금 더 성적이 높은 덕에 태웅에게 포화가 쏟아졌다. 가장 큰 타격을 입히는 것은 늘 누나였다.

"딱 쟤가 학교 갈 때 타고 다니는 마을버스 숫자네."

"아니거든. 56번 안 타거든."

"60-4번, 다시를 빼기라 치면 56점. 우연의 일치라기엔 너무 운명적인데."

"유치해. 그러는 누나는 뭐 100번 타고 다녔어?"

"아니, 난 기숙사여서 버스 안 타고 다녔어."

태웅은 열 살 차이가 나는 누나와 이런 대화를 하는 게 어이없었다.

"그래서 그 좋은 머리로 고작 동생이나 놀려먹고. 이번 시험은 엄청 어려웠다고. 반 평균이 54점이랬어."

"거기서 겨우 2점 더 맞은 게 자랑이냐? 얘 시험지 좀 봐. 선생님들이 점수 주려고 내놓은 문제만 골라 먹었네. 난이도가 조금이라도 있으면 손도 안 댔어."

"내놔!"

"넌 초밥 먹으러 가서 회는 걷어내고 밥만 먹을 놈이야."

밥이 쉽고 회가 어려운 쪽이던가. 회를 걷어내는 건 누나 아니냐고 구시렁대며 시험지에 손을 뻗었다가 마음을 바꿔 삼겹살을 집었다. 다 익은 삼겹살을 앞에 놓고 이미 끝나버린 수학 시험지를 집어 무엇하랴.

"얼씨구, 쪽팔림보다 배고픔이 먼저구만. 너 당장 내일부터 수학학원 그만둬! 전기료 내주려고 다니는 애가 있다더니 그게 바로 내 동생이네. 학원을 그렇게 오래 보냈는데 90점을 한 번도 못 넘기니?"

비수 같은 말을 가슴에 꽂은 채 담담히 삼겹살 위에 명이나물을 얹어 입에 넣으려던 찰나였다. 무려 일 년에 딱 한 달, 4월에만 채집할 수 있다는 울릉도산 명이나물.

"태웅아, 차라리 찍어. 너의 문제는 열심히 푼 문제가 죄다 틀렸다는 거야."

누나의 마지막 말은 태웅이 간신히 지키고 있던 자존심을 잔인하게 짓밟았다. 숟가락 끝에 매달려 있던 명이나물이 부끄러움을 견디지 못하고 툭, 밥상 위로 떨어져 버렸다.

"넌 밥상에서 왜 애를 잡니?"

엄마는 두 사람의 과열된 대화를 중재했다. 그러나 태웅은 명이나물로 감싼 삼겹살을 밥그릇에 그대로 내려두고 식탁에서 일어났다.

너무나 이상한 일이었다. 무슨 말을 해도 웃어넘기던 예전과 달리 마음이 저렸다. 상처받은 마음에서 볼멘소리가 툭 흘러나왔다.

"우리 가족은 참, 서로에게 예의가 없어."

태웅의 시선은 삼겹살 불판을 비껴가 대리석 식탁의 얼룩에 꽂혔다. 식탁에서 가장 못난 곳에 애써 시선을 붙잡아 두며 삼겹살과 명이나물을 외면했다.

"뭔 예의? 열 살 많은 누나가 열 살 어린놈한테 뭔 예의?"

"최소한 먹을 때는 안 건드리는 게 예의 아닌가."

"이렇게 갈구는데도 밥이 넘어가면 사람이 아니지 않은가."

태웅은 그 와중에도 랩배틀을 하듯 다음 문장을 받아치는 누나가 얄미웠다.

"그냥 잘 먹고 다음에 잘해라, 하고 말하는 게 그렇게나 어려워?"

"다음이 벌써 몇 번째야. 수능 다 친 다음에 잘해라, 할까?"

"명이나물이야말로 한철이잖아!"

단원평가, 수행평가, 중간고사, 기말고사……. 시험은 도돌이표처럼 반복되고 학생은 그 시험에 모든 걸 헌납하고 맞춰 살아야 하는 게 현실인데, 딱 한 번 입맛이 삶의 일 순위가 되면 안 되나. 태웅은 이런 속마음을 이야기하고 싶었다. 그러나 포효에 가까운 울부짖음이 터져 나와서 자신조차 놀랐다. 태웅의 그런 모습을 처음 본 가족들도 놀라기는 마찬가지였다.

"어머, 아들. 지금 밥상머리에서 소리친 거니?"

봇물 터지듯 터져버린 울분은 태웅의 이성을 마비시켰고

다른 가족들조차 원망스럽게 만들었다. 그런데 괜한 자존심이 해서는 안 될 말을 뱉게 했다.

"밥 안 먹어!"

모두가 어안이 벙벙한 얼굴이었다.

"뭐? 밥을 안 먹는다고? 한 달치 급식 식단표를 외우고 사는 네가?"

누나의 어이없다는 표정을 보자 태웅은 괜한 오기가 솟았다. 그 말을 듣고도 그 자리에 앉아 밥을 먹으면 정말 사람이 아닐 것 같아서 방으로 들어와 버렸다.

온 가족이 자신을 오도독뼈처럼 씹어 먹는구나. 학교가 약육강식의 정글이라면 집은 구획이 정리된 동물원이었다. 동물의 왕인 사자 엄마와 차세대 리더 자리를 노리는 호랑이 누나, 마주치기 힘든 바다거북 아빠와 하이에나 같은 동생. 이 집에서 자신만 초식동물이라 매일 뜯기는 모양이다.

'도무지 섞일 수 없는 사람들이 사는 이곳은 네버랜드이자 환장월드, 집이 아니라 집구석이다!'

태웅은 없는 자존심을 긁어모아 버럭 화를 내고 방으로 들어왔다. 하지만 삼겹살 냄새로 가득 찬 방 안에 있자니 숨만 쉬어도 괴로웠다. 가장 맛있는 고기 한 점을 놓고 뒤돌아서 들어온 것에 대한 속상함과 속쓰림이 한꺼번에 들이닥쳤다.

56점을 맞은 것도 서러운데, 명이나물 얹은 삼겹살을 먹지 못한 것은 더욱 서러웠다. 한우와 수입 소고기를 구별하는 고급 입맛을 만들어준 게 누군데, 이제 와서 명이나물 타령을 한다고 구박하다니. 요동치는 허기에 가방을 뒤져보자 바닥에 깔린 비타민 사탕 한 개가 있었다. 비닐에 들러붙은 사탕을 조심스레 떼어 입에 넣었다. 그마저도 빨리 녹을까 봐 천천히 녹여 먹고 있자니 서글픔이 밀려들었다.

밤이 되어 가족들이 모두 잠들고 나면 나가서 뭐라도 먹어야겠는데, 오늘도 아빠는 코골이 때문에 안방에서 쫓겨나 거실에서 주무실 것이다. 아빠를 깨우지 않고 조심스레 부엌을 뒤지는 것은 힘들겠다는 생각보다 먹을 것이 없으면 어떡하나, 하고 너무 앞선 걱정이 먼저 들었다.

그때 태웅의 뺨을 타고 눈물 한 방울이 또르르 흘러내렸다.

'집을 나가면 누구 하나 나를 찾기는 하려나. 내 식비로 엄마, 아빠 노후 적금을 든다고 좋아하지는 않을까. 공부라도 잘했으면 그깟 식비 따위야 하나도 아깝지 않다고 했겠지. 학원비에 식비까지 잡아먹는 귀신이란 소리는 안 했겠지.'

뒤늦게 억울한 마음을 정리하다 보니 참고 있던 서러움이 폭발했다. 사람들은 중학교 2학년인 태웅을 덩치만 보고 고등학생으로 착각하는 일이 많았는데, 그때마다 누나는 촌철살인을 날렸다.

"얘 말 한마디 시켜보면 바로 중학생 코찔찔이라는 거 알 수 있어요. 초등학생으로나 안 보면 다행이죠.”

태웅은 혹시나 울음소리가 새어나가면 하이에나 같은 동생이 동영상을 찍겠다고 들어올까 싶어 이불을 뒤집어쓰고 끅끅거렸다.

‘아빠가 술만 마시지 않았어도 저놈은 없는 건데.’

태웅은 누나가 술만 마시면 내뱉는 이야기도 퍼 올려 곱씹었다. 사실 누나가 말했던 정확한 문장은 “아빠가 술만 마시지 않았어도 ‘저놈들은’ 없는 건데”였다.

새벽 2시가 넘어 태웅은 조용히 거실로 나왔다. 태웅이 엄마 아빠의 자식이 되게 한 생명의 은인인 아빠는 홑이불 하나를 휘감고 코를 골며 자고 있었다. 술 냄새가 많이 나는 걸 보니 오늘도 약주가 과한 모양이었다. 태웅은 방으로 가 제 베개를 들고 와서는 아빠 머리에 받쳐주었다.

누나는 가끔 아빠가 아무리 술을 마셔도 더는 동생이 생기지 않는 건 아빠의 공장이 문을 닫았기 때문이라는 서글픈 이야기를 농담처럼 했다. 아빠의 불콰한 얼굴이 오늘따라 더 측은해 보였다.

그보다 더 속상한 건 오늘따라 휑한 냉장고 안이었다. 반조리 냉동식품을 데우자면 가족들이 눈치챌 것이고, 라면이라도 하나 끓이자면 냄새가 날 것이고. 고민하던 태웅은 아이스크림 한 통을 들고 방으로 돌아와 바닥까지 깨끗이 비웠다. 뭔가 먹었다는 흔적을 없애기 위해 통을 씻은 다음 납작하게 만들어 분리수거하고 숟가락도 설거지해서 수저통에 꽂았다. 싱크대 주변에 물이 튄 게 보여 주변을 말끔히 닦고 행주까지 짜서 널어두었다.

반항이란 걸 해본 적이 없어서 시원하게 내지르는 맛이 없는 자신이 한심했지만 어쩌랴.

천성이 이렇게 소심하고 겁이 많은걸.

그러나 용기 대신 타고난 활화산 같은 식욕이 태웅을 또 폭주하게 만들었다. 태웅은 또 살금살금 부엌으로 가서 라면 한 개를 챙겨와 부숴 먹었다.

나란 인간은 위장의 지배를 받는 노예인가. 그런 한탄마저 갑자기 떠오른 내일 점심 급식 메뉴로 인해 사라졌다. 무려 한 달에 한 번밖에 나오지 않는 귀하디귀한 치즈돈가스였다. 돈가스를 떠올린 순간부터 태웅의 머릿속은 꽃밭이 되었다. 오로지 먹기 위한 시뮬레이션을 가동했다.

허겁지겁 먹으면 바삭한 식감을 느낄 겨를도 없이 배만 채우는 셈이니 학교 가는 길에 편의점에 들러 든든히 먹자. 물 붓고 삼 분 기다리는 동안 삼각김밥 두 개 먹으면 황금 타이밍이지. 4교시 끝나는 종 치자마자 1번으로 가서 돈까스는 두 개 달라고 하고 소스는 따로 그릇에 받아야지. 자리가 부족하니 샐러드는 사양!

머릿속으로 먹는 것을 몇 번이나 시뮬레이션하며 행복 회로를 가동하다 보니 상상만으로도 즐거웠다. 바삭한 돈가스를 한 입 베어 물었을 때 주욱 늘어나는 치즈의 황홀함을 생각하며 스르르 잠이 들었다.

꿈속에서는 모든 것이 태웅의 바람대로였다. 급식실에 1번으로 입장해 갓 튀긴 치즈돈가스를 받아냈다. 고소한 향이 올라오는 돈가스를 한 입 베어 문 순간, 혀를 델 것 같은 열기가 입 안을 달궜다. 돈가스를 다시 뱉어내려는 순간 치즈가 길게 늘어나 태웅의 손에 달라붙었다. 달라붙다 못해 치즈가 온몸을 칭칭 휘감아 꼼짝달싹 못 할 지경이 되었다. 입에서 살려달라는 소리가 절로 나왔다.

그 바람에 태웅은 잠에서 깼다. 마치 장작불 옆에서 잠을 자다가 그 장작불 안에서 타들어 가는 듯한 느낌이 들었다.

정신이 천천히 돌아온 태웅은 자다 일어났음을 깨닫고 다시 잠을 청하려는데 무언가 심상치 않은 느낌이 들었다.

공기 중에 이상한 것들이 둥둥 떠다니는 듯했다. 몸의 여러 감각이 엄청 예민하게 느껴졌다. 갑자기 집 안의 온갖 냄새들이 코 안으로 훅 끼쳐 들어왔다. 뚜껑을 닫아둔 냄비 안의 김치찌개 냄새, 냉장고 냄새, 화장실 냄새, 가족들의 땀 냄새까지.

태웅은 일어나 앉아 몸을 덮고 있는 이불을 젖히려 했다. 그러나 아무리 잡아당겨도 몸에서 이불이 떨어지지 않았다.

옆에 있는 스탠드를 켜고 다시 바라보니 이불은 갈색 털로 변해 있었다.

손을 들어 그 이불을 떼보려는 순간, 태웅은 제 손 역시 갈색 털로 뒤덮여 있다는 사실을 깨달았다. 침대 밖으로 다리를 빼서 바닥을 디딛는데 눈보다 먼저 촉감이 반응했다. 묵직하고 푹신한 느낌. 딱딱한 방바닥이 아닌 푹신한 베개를 밟는 듯한 느낌이었다.

태웅은 제 몸을 돌아봤다. 어두운 방 안이었으나 이상하게도 잘 보였다. 몸은 사람이 아니라 흡사 털가죽을 뒤집어쓴 곰처럼 보였다. 태웅의 눈에 컴퓨터 모니터에 비친 제 얼굴이 들어왔다. 커다란 눈과 까맣게 솟아오른 코, 삐죽 튀어나온 입, 머리 끄트머리에 붙은 귀까지 영락없이 곰의 외형이었다.

태웅은 침대에서 내려와 두려운 마음으로 전등 스위치 앞에 섰다. 불을 켜니 갈색 털이 더욱 또렷이 보였다.

온몸에 털이 뒤덮인 커다란 곰 한 마리가 바로 태웅이었다. 태웅은 손을 들어 뺨을 꼬집으려 했지만 날카로운 발톱 때문에 살을 집을 수도 없었다.

초조하게 방 안을 오가며 이게 무슨 날벼락인지 생각했다. 아무리 머리를 쥐어짜도 자신이 곰이 된 이유를 과학적으로도, 초과학적으로도 설명할 길이 없었다. 무엇보다 다른 사람들이 지금 이 모습을 보고 한태웅을 떠올릴 수 있을까?

태웅은 책상에 굴러다니는 펜 한 자루를 집어 들고 발가락 사이에, 아니 발톱 사이에 끼우려다가, 둔하고 묵직한 발은 글을 쓰기에 적합하지 않다는 사실을 깨달았다. 그래서 그마저도 포기하고 펜을 입으로 물고 천천히 글을 써보았지만 쉽지 않았다.

이 상태로 가족들에게 발각되면 자신을 때려죽일 수도 있겠다는 공포감이 엄습했다. 특히 무도 5단 누나라면. 태웅이 아무리 목소리를 내려고 애를 써도 입 밖으로 나오는 것은 곰의 신음뿐이었다. 그러다 태웅은 기를 쓰고 방 안을 뒤졌다.

가족들이 자신을 알아볼 수 있도록 머리를 쥐어짜야 했다. 목에 수영 대회 메달을 걸치고, 슬리퍼에 발을 욱여넣었다. 아무리 봐도 사람은 아니었지만 뭔가 이상한 곰으로 보이게끔, 때려죽이기 전에 한 번이라도 생각은 할 수 있게끔.

태웅은 조심스레 거실로 나가 자고 있는 아빠를 확인했다. 시계는 어느덧 새벽 3시, 모두가 잠든 시각이다.

'아빠만 살짝 깨워서 먼저 이 사태를 알리자. 아빠라면 한눈에 알아보고 나머지 가족들에게 자초지종을 설명해 줄 거야.'

어두우면 자신을 진짜 곰으로 오인하기 쉬우므로, 환한 상태로 대번에 알아볼 수 있게 만반의 준비를 하고 심호흡했다.

딸깍, 불이 켜졌다.

갑작스러운 불빛에 거실 바닥에서 자고 있던 아빠가 눈을 찡그리며 깼다. 사방을 두리번거리다 태웅과 눈이 마주친 아빠는 멍한 눈으로 태웅을 바라보더니 한참 만에 눈을 비비고 다시 쳐다봤다. 자신의 팔을 꼬집고, 허벅지를 치고, 뺨을 때린 뒤에야 이 모든 것이 현실임을 인지한 아빠가 외마디 비명을 질렀다.

그 소리에 잠에서 깬 가족들이 하나둘 거실로 쏟아져 나왔다가, 곰이 된 태웅을 발견한 뒤 그 자리에 얼어붙었다. 태웅은 목을 가다듬고 고운 목소리로 차분히 말했다.

"여러분, 접니다."

우우웅대는 곰의 외침은 모든 사람의 발작 버튼을 눌렀다.

누나 지연과 동생 영웅이 아빠의 골프채를 들고 다가오자 태웅은 뒷걸음질하며 베란다로 몰렸다. 태웅이 베란다로 들어가자 가족들은 얼른 문을 잠가 버렸다. 태웅이 울부짖으며 호소했지만 그 누구도 눈앞의 곰이 태웅이란 사실을 눈치채지 못했다.

"미쳤나 봐! 가정집에 곰이 웬 말이야! 우리가 농막에 사는 것도 아니고 아파트 단지에, 그것도 20층이나 되는 집에. 문을 열어둔 것도 아닌데 이게 말이 돼? 아닌 밤중에 홍두깨도 아니고. 이럴 때가 아니다. 지연아, 경찰서에 전화라도 넣어."

"엄마, 일단 진정하고 기다려 봐."

"기다리긴 뭘 기다려! 저게 언제 뛰쳐나올 줄 알고."

"저거 강화유리라 쉽게 못 나와."

"곰이잖아. 곰이 힘으로 뭔들 못해. 휴대폰 어디 있어?"

태웅은 베란다에 멍하니 앉아 눈물을 흘렸다. 손을 들어 창문에 대자 가족들이 겁먹은 표정으로 뒤로 물러서는 걸 보고 유리문에서 손을, 아니 손인지 발인지 모를 털 뭉치를 떼었다. 태웅은 하늘을 향해 서럽게 목 놓아 울었다.

"소리 듣고 옆집에서 먼저 신고하겠네."

태웅은 엄마 말을 듣고 뚝 울음을 그쳤다. 가족들 중 그 누구도 자신을 알아보지 못한다는 사실이 커다란 서글픔으로 밀려들었다.

이제껏 헛살았나. 십여 년을 함께한 가족들이 흔적도 없이 사라진 자신과 갑자기 나타난 곰의 상관관계를 정말 찾지 못할까.

어느새 골프채를 내려놓은 영웅이 한 손에는 비비탄총을, 또 다른 손에는 휴대전화를 들고 영상을 촬영하며 한 발짝씩 다가오더니 유리문 앞에 서서 유심히 곰을 관찰했다.

영웅은 곰이 시공간을 뚫고 나타난 괴물이 아니라, 원래 이 집에 살던 곰같이 둔하던 누구와 닮은 것 같았다. 그리고 슬쩍 태웅의 방으로 들어가 엉망이 된 이불과 그 위에 떨어진 갈색 털을 보았다.

증거로 봤을 때 합리적으로 두 가지를 의심해 볼 수 있었다. 곰이 태웅을 먹어 치웠거나, 저 곰이 태웅이거나.

찢긴 살점이나 핏방울이 하나도 없고, 목에 걸린 금메달과 발에 끼인 찢어진 슬리퍼, 무엇보다 냉장고를 압도하는 큰 덩치와 그렁그렁하게 맺힌 눈물에 모기 한 마리 못 죽이게 생긴 소 같은 눈망울까지. 이것은…….

아이러니하게도 가족들 중에서 가장 원수 같았던 동생이 곰이 태웅이라는 사실을 먼저 눈치챘다.

"엄마, 저거 형 같은데."

"뭐?"

"그 동물화 있잖아. 잘 봐봐."

가족들은 그제야 목에 금메달을 걸치고 발가락 하나에 터지기 일보 직전의 슬리퍼를 끼고 있는 곰의 우스꽝스러운 모습을 보았다.

"……설마."

그때 태웅의 눈에 베란다의 한쪽 구석에 놓인 장독이 보였다. 태웅은 둔탁한 앞발로 독의 뚜껑을 열고 한쪽 발에 된장을 묻혔다. 그리고 유리문으로 가 발자국을 두 번 찍고 작대기를 두 번 그었다. 유리에 묻은 된장은 익숙한 글자가 되었다.

웅.

가족들은 귀신이라도 본 듯 하얗게 질린 얼굴이 되었다.

여전히 자신을 알아보지 못한다고 생각한 태웅은 양손에

된장을 더 묻히고는 유리문에 앞발을 찍어대며 외쳤다.

"웅이라고! 웅! 웅!"

금메달과 슬리퍼를 차치하더라도 화가 났을 때 두 주먹으로 벽을 치며 씩씩거리는 모습은 영락없이 태웅이었다. 마침내 눈앞의 곰이 태웅이란 사실을 알게 되자 엄마는 털썩 주저앉았고, 누나는 머리를 쥐어뜯었으며, 아빠는 말을 잇지 못했다. 영웅은 제 말이 맞지 않냐며 보란듯이 어깨를 으쓱하고 겨눴던 총을 거두었다. 그러고는 유리문의 잠금장치를 풀었다.

엄마는 넋이라도 나간 듯 비척대며 걸어와 베란다 문을 열고 곰을 껴안았다. 태웅은 꺼이꺼이 소리를 내며 울었다. 몸은 우람했지만 그 안에 들어 있는 것은 그래봤자 열다섯 살 소년이었다.

엄마와 태웅이 껴안고 울고 있는 와중에 영웅은 휴대전화를 들어 영상을 찍어댔다.

한밤중에 온 가족이 머리를 맞대고 이 사태에 대해 회의했다. 누나는 한참 동안 인터넷을 뒤지더니 전국적으로 동물화가 진행된 아이들이 수십 명에 달하고, 이들이 정부의 특별 관리 대상이 되었음을 알아냈다.

"엄마, 태웅이 경찰서에 신고해야 한대."

"애가 무슨 죄를 지었니? 뭐라고 신고를 해!"

"사자가 된 애도 있나 봐. 동물화된 애들이 하나같이 맹수들이라 가정집에서 가족들과 함께 살기는 위험하다고 격리하고 있대."

"멀쩡한 애를 어디로 보내. 얘가 몸만 이렇지, 안은 열다섯 철딱서니인데 어디로 보내!"

"아이참, 엄마! 나중에 동물 본능이 강해지면 제어가 안 될 수도 있다잖아. 난들 애를 이상한 데 보내고 싶냐고."

"긴말 필요 없고, 아무튼 안 돼. 너희도 태웅이 곰 된 거 입 닫아."

그러나 결정적인 순간에 산통을 깨는 건 늘 영웅이었다. 태웅을 한눈에 알아본 건 영웅이지만 태웅을 한 번에 골로 보낼 수 있는 것도 영웅이라는 걸 가족들은 잊고 있었다.

"와, 대박! 엄마, 엄마! 이것 봐. 조회수가 1만 8600……. 쭉쭉 올라간다!"

엄마와 누나는 누가 뭐랄 것도 없이 몸을 던져 영웅의 휴대전화를 빼앗았다. 영웅이 수십 분 전에 태웅을 찍어 올린 영상은 순식간에 조회수가 폭등하고 있었다. 수백 개의 댓글 중 단연 눈에 띄는 댓글은 "창문에 웅이라고 썼을 때 나 조금 지림. 팬티 말리는 중"이었다. 태웅의 동물화는 실시간으로 전국에 중계된 셈이었다.

그리고 이 일은 수많은 동물화 사건 중 자신의 가족이 동물화 사실을 널리 퍼트린 최초의 사건으로 회자되었다.

몇 시간 후, 새벽마다 배달되는 우유가 도착하기도 전에 경찰특공대가 들이닥쳤다. 군용트럭으로 보이는 어마어마한 크기의 트럭 여러 대가 지상 주차장을 메웠고, 완전무장한 특수요원들과 방호복을 입은 사람들이 집 안으로 밀고 들어왔다.

양복을 입고 선글라스를 낀 한 남자가 베란다를 막고 있는 엄마에게 다가와 서류 하나를 내밀며 말했다.

"동물화 진행된 한태웅 학생, 이동 수감 명령서입니다."

"어디로 데려가는데요?"

"그건 말씀드릴 수 없습니다."

"난 애 엄마예요. 보호자가 모르는 곳에 자식을 끌고 간다는 게 말이 됩니까?"

"기밀 사항에 대해선 말씀드릴 수 없습니다. 어머님도 위험할 수 있으니 비켜주십시오."

"위험하긴 뭐가 위험해! 자기 자식이 위험하다는 부모가 세상천지에 어디 있어! 가까이 오기만 해!"

그 말에 현관문 앞에 대기 중이던 여경들이 매뉴얼처럼 앞으로 나와 엄마의 팔을 붙잡았다. 그 순간 누나가 달려들어 차례로 두 사람의 팔을 꺾더니 소파에 고꾸라뜨렸다.

"우리 가족 몸에 손대지 마!"

"맹수로 변한 아이는 무조건 보호시설로 가야 합니다. 시간이 지날수록 야생성이 강해져서 가족들도 위험해요!"

엄마는 두 손을 모으고 읍소했다.

"제발 단 며칠만이라도 말미를 주세요."

"공무 집행을 방해하시면 어머니도 연행되실 수 있어요."

그 말에 태웅이 구슬프게 울며 엄마를 말렸다. 태웅과 눈이 마주친 순간 엄마의 머릿속에 태웅의 목소리가 울려퍼졌다.

'엄마, 난 괜찮으니까 물러나 있어요.'

"그럼 딱 십 분만 줘요! 십 분!"

"안 됩니다."

"전국에 동물로 변한 애들이 수십 명이라면서요! 그런 애들 사이에 우리 태웅이를 섞어두면 내가 어떻게 알아봐! 난 못 알아본다고요!"

엄마의 흐느낌에 그 자리에 있는 모두가 숙연해졌다. 베란다로 들어간 엄마는 태웅을 껴안으며 말했다.

"봐요, 이렇게 순한 애라고요. 엄마, 아빠, 누나, 동생 다 알아보고 된장으로 제 이름도 썼어요."

안타깝게도 유리문에 바른 된장은 어느새 흘러내려 형태를 분간할 수 없게 되어 쿰쿰한 냄새만 풍길 뿐이었다. 선글라스를 껴서 제대로 보이진 않았지만 특공대장의 미간이 살짝 좁아졌다.

"딱 십 분입니다."

눈물을 훔친 엄마는 결연한 표정으로 태웅의 귀를 잡아끌며 말했다.

"가자!"

"엄마, 뭐 하려고?"

"넌 여기 있어. 태웅이만 따라 들어와!"

엄마는 누나를 방문 앞에 문지기로 세워둔 다음 태웅을 데리고 안방 화장실로 들어갔다. 태웅을 비좁은 욕조 안으로 밀어 넣은 뒤 꺼내든 것은 강아지를 미용할 때 쓰던 미용기였다.

"돌아!"

"그거로 뭘 하려고?"

"시간 없어. 얼른 돌아!"

엄마는 태웅의 등짝을 한 대 내리치고 손바닥으로 이곳저곳을 훑더니 사정없이 털을 밀기 시작했다. 등을 내밀고 있는 태웅은 엄마의 행동을 이해할 수 없었지만 저항할 힘도 없었다.

마지막 털을 다듬고 있을 무렵 노크도 없이 특공대장이 화장실 안으로 들어왔다. 선글라스 때문에 눈을 볼 수 없었지만 살짝 벌어진 입매에 담긴 당혹감을 태웅도 대번에 알 수 있었다. 도대체 엄마가 내 등에 뭘 했기에.

몸에 붙은 털을 털고 천천히 욕조 밖으로 나온 태웅은 거울에 등을 비추어 보았다. 냉장고 문짝만 한 등에는 맨살이 군데군데 드러나 있었다. 그 맨살의 조합은 '사람'이었다.

태웅은 경악스러웠다. 듬성듬성 털을 깎아 등에 글자를 새

기다니. 이 꼴로 밖을 나가라는 거야?

충격을 받은 태웅이 날뛰다가 거울을 깨부수자 방에서 대기 중이던 다른 요원들이 화장실 안으로 들이닥쳤다. 그들은 저지하는 엄마를 밀어내고 그물을 던져 태웅을 포박했다. 그물에 갇힌 태웅은 소리쳤다.

"제 발로 나갈 테니 그물은 치워주세요!"

그러나 말은 포효가 되었고, 그 큰 울림은 태웅을 맹수라 생각하는 사람들을 더욱 긴장하게 했다. 결국 마취총이 발사되었고, 태웅은 혼미한 정신으로 벽에 몇 번 머리를 박다가 이내 바닥에 쓰러졌다. 자신의 의지와 상관없이 혓바닥이 입 밖으로 밀려 나왔다.

"쪽팔려."

태웅의 웅얼거림은 암전과 함께 사라졌다.

한참 후 태웅의 의식은 집이 아닌 다른 곳에서 돌아왔다. 그 사이 앞발 일부의 털이 밀려 있었고 맨살에 이상한 수액이 꽂혀 있었다. 입마개를 하고 커다란 쇠줄에 묶인 채로 태웅은 몇 번이고 주삿바늘로 피를 뽑혔다. 연구원으로 보이는 사람들은 태웅과 대화를 시도하기는커녕 숫제 위험한 동물로 취급했다. 태웅은 몇 번이나 의식이 뚝뚝 끊겼다. 정신이 돌아올 때마다 자신이 깨어나는 장소는 매번 다른 곳이었다. 다 죽어

가는 목소리로 여기가 어디냐고 물어볼 때마다 사람들은 쇠창살 사이로 막대를 넣어 몸을 쑤셔댔다.

전기충격을 당하고, 피를 뽑히고, 이상한 빛을 쏘이고. 태웅은 한시도 편할 날 없는 시간을 보냈다. 실험 쥐가 된 양 보호복을 입은 사람들이 태웅을 실험하고 관찰했다. 태웅의 몸과 마음은 점점 만신창이가 되어갔다.

'차라리 죽고 싶다.'

어느 날 그런 생각이 들자 태웅은 소스라치게 놀랐다. 단한 번도 해본 적 없었던, 이해할 수 없다고 생각했던 마음이었으나 지금은 그 처절한 마음을 알 듯했다. 대화도, 감정도, 인간으로서 가지고 있던 모든 것이 바닥을 치자 태웅은 점점 식음을 전폐하고 그 어떤 자극에도 반응하지 않았다.

비슷한 시기에 들어온 사자나 하이에나 등 다른 맹수들도 하나둘 어딘가로 사라졌다. 한때 수십 마리에 달했던 동물들이 점점 줄어들더니 실험실에 남은 것은 태웅을 포함해 여섯뿐이었다.

그렇게 시간이 흘러 털이 깎여 맨살이었던 앞발에 다시 갈색 털이 돋아날 무렵 태웅 역시 어딘가로 옮겨졌다. 집을 떠날 때 타고 왔던 군용트럭과 달리 마지막에 타게 된 차량은 좀 허술해 보이는 1톤 트럭이었다. '원룸 이사 전문'이라고 적힌 트럭의 철창 안에 곱게 올라간 태웅은 자신이 짐짝처럼 실려 어딘가로 보내진다는 사실을 깨달았다. 그러나 이렇게라도 밖으로 나올 수 있다는 사실이 기뻤다. 달리는 내내 운전석에서 들려오는 뽕짝 메들리조차 반가웠다. 태웅은 운전사 아저씨가 누군가와 전화하는 소리에 귀를 기울였다.

"응, 나 오늘 5시 안짝으로 들어가니까 너희끼리 선수 치지 말고 딱 기다리쇼. 포천 찍고 갈 거여."

그 덕에 태웅은 트럭의 목적지가 경기도 포천이라는 것을 알았다.

"막걸리는 무슨! 곰 농장 가는 거고만."

그리고 자신이 연구소가 아닌 곰 농장으로 보내진다는 사실까지 알게 되었다. 벌떡 자리에서 일어나다 철창에 머리를 찧은 태웅은 고통을 참아가며 아저씨의 뒷말에 집중했다.

"쓸개 같은 소리 하네! 곰 한 마리 데려다주려고 간다니까. 하이고, 말을 마라! 처음에야 웬일이야 하지, 전국에서 짐승된 애들이 쏟아져 나오는데 장사 있냐. 이제는 그런가 보다 하는 거지. 더 가둬둘 데도 없어서 농장이다 뭐다 되는 대로 보내버리는 거제. 물긴 뭘 물어. 엄마 아빠 품에서 떨어져서 집 밖에 나오면 세상 얌전해지는 애들이라 물기는커녕 서럽게 울기만 하는구먼. 보고 있으면 짠하지, 뭐."

태웅은 자신 외에도 동물화가 진행되는 아이들이 점점 많아지고 있다는 소식과 이들을 더 가둘 데가 없어 되는 대로 이곳저곳으로 보내버리고 있다는 사실에 충격을 받았다. 무엇보다 쓸개를 빼앗길지도 모른다는 생각에 겁을 집어먹었다. 그러나 쓸개가 오른쪽에 붙었는지 왼쪽에 붙었는지 학교에서도 제대로 배운 적이 없었다.

"이래서 어른들이 쓸개 빠진 놈이란 욕을 하는 거구나."

태웅은 제 무지를 한탄하며 앞발에 얼굴을 묻었다.

비포장도로를 따라 한참을 달리던 트럭은 마을에서도 멀찌감치 떨어진 산 아래에 있는 가건물 앞에 도착했다. 트럭 운전사의 말대로 곰 사육 시설이 있는 곳이었다. 수많은 곰이 철창 안에 있었고, 먹다 남은 음식물 쓰레기와 배설물 때문에 악취가 코를 찔렀다. 운전사는 농장 주인에게 서류를 넘기고 트럭 위 철창에서 태웅을 끌어내렸다. 태웅은 자신도 모르게 운전사의 등 뒤로 가서 숨었다.

"이놈 보소. 너도 여기가 어딘지 감이 오나 보네. 뻘짓하지 말고 주는 거 받아먹고 딱 붙어 있어라."

엄마가 밀어준 털은 어느덧 무성하게 자라 이제는 '사람'이라는 글자도 잘 보이지 않았다. 농장 주인은 태웅의 목에 목줄을 걸고 태웅을 빈 철창으로 집어넣었다. 해가 뉘엿뉘엿 질 무렵 농장 주인은 철창 안에 있는 스테인리스 그릇에 고약한 냄새가 나는 죽을 부어주었다. 구더기와 파리 떼가 들끓어서 보기만 해도 구역질 나는 스테인리스 그릇이 변기인 줄 알았던 태웅에게는 적잖은 충격이었다.

태웅이 몸서리치며 뒤로 물러서자 농장 주인은 막대기로 창살을 두드렸다. 농장 주인은 밥그릇을 손가락으로 가리키며 말했다.

"살고 싶으면 먹어."

태웅은 농장 주인이 자신의 목숨을 쥐고 있다는 걸 깨달았다. 몇 날 며칠을 파리가 들끓는 죽을 거부하다가 배고픔에 못 이겨 결국 그 음식물 쓰레기 같은 것을 먹은 순간 태웅은 서러움에 복받쳐 울고 말았다. 태웅은 철창을 물어뜯거나 한자리를 빙빙 도는 행동을 반복하는 옆 칸의 곰을 보며 알 수 없는 분노와 연민을 느꼈다.

그리고 곰곰이 생각해 봤다. 자신이 곰이 된 이유를.

주말마다 점심까지 늘어지게 자고 새벽까지 게임을 하며 라면이나 끓여 먹던 지난날을 돌이켜봤다. 호랑이나 사자가 아닌 곰이 된 이유가 그곳에 있는 걸까.

문득 아이들의 동물화가 제 원래 성격을 반영하기 때문에 제각기 다른 동물로 변하는 것이라고 추측하던 연구원들의 이야기가 생각났다.

'육상선수였던 애는 말이 되어서 경마장에 들어가 돈도 번다는데. 난 그저 밥만 축내는 곰이잖아.'

그렇게 주눅이 들다가도 발끈하는 생각이 들었다.

'내가 무슨 잘못을 해서 여기까지 왔어? 왜 이런 걸 먹으며 철창 속에 갇혀 있어야 하는데. 다혈질 동생이 허구한 날 두들겨대도 가만히 있었고 누나가 훈련한답시고 온몸을 멍투성이 만들어도 꾹 참았는데. 내가 뭘 그렇게 잘못했는데?'

태웅은 생각 끝에 떠오르는 게 있었다.

'……수학 점수 56점.'

공부하라는 말을 귓등으로 들으며 학교에서 잠만 퍼질러 자던 지난날의 잘못의 대가라면 할 말이 없었다. 머리는 게임을 하는 데에 쓰고, 손은 먹는 데만 썼던 날들의 결과물이 이것이라면. 태웅은 고개를 떨구었다.

자신은 곰이 되었고 이제 그 누구도 사람으로 보지 않는다는 사실을 받아들인 뒤 태웅은 꾸역꾸역 쓰레기 죽을 먹으며 버텼다. 그나마 며칠 만에 갈아주는 물은 먹을 만했다. 갇힌 상태에서 죽만으로 끼니를 해결하다 보니 점점 기운이 빠져나가는 느낌이 들었다.

조상이 웅녀라는 게 다른 사람에게는 신화일지라도 자신에게는 명백한 사실이라고 받아들이며 적응해 갈 무렵, 소란스러운 소리와 함께 한 무리의 사람들이 곰 농장을 찾아왔다. 곰의 가슴에 관을 꽂아 쓸개즙을 빼 먹는 사람들이 또 온 것인가 싶어 겁이 났다. 몇 번이나 이상한 사람들이 태웅에게 관을 꽂으려고 했는데 그때마다 아저씨는 태웅이 사람이란 말 대신

병 걸린 곰이란 말로 그들의 입맛을 떨어뜨리곤 했다. 그 말의 약발이 언제까지 먹힐지 모를 일이었다.

태웅은 사람들의 눈을 피해 구석진 자리로 기어가 옹송그린 채 얼굴을 숨겼다. 사람들은 고래고래 소리를 지르며 농장 주인과 멱살을 붙잡고 싸우기 시작했다. 그들은 소리 높여 무언가를 외쳤고, 쇠창살을 붙잡고 누군가의 이름을 부르기 시작했다.

"지영아!"

"수혁아!"

"민재야!"

"인규야!"

태웅은 고개를 들 힘조차 없었다. 그들은 곰이 된 자식을 찾으러 온 부모였다. 그들 중에 부모님이 있다고 해도 이런 몰골의 자신을 알아보기 힘들 것 같았다. 그때였다.

"태웅아, 한태웅! 어디 있니!"

엄마였다. 태웅은 젖 먹던 힘까지 짜내서 철창 입구 쪽으로 향했다. 쇠창살을 붙잡고 나오지 않는 소리를 쥐어짜며 외쳤다.

"엄마! 엄마! 엄마!"

하지만 엄마는 눈앞에서 태웅을 보고도 알아보지 못했다. 베란다에서 맞닥뜨린 그때처럼 이번에도 역시.

"엄마! 또……"

엄마가 새겨준 글자는 무성하게 자란 털에 덮여 버렸고 자신이 곰이 아니라 태웅이란 사실을 설명할 길이 없어서 태웅은 울음이 터져 나왔다. 태웅의 귀에 지금 자신의 울음소리는 서러움이 극에 달한 통곡이었다. 그러나 누구 하나 태웅의 울음을 사람의 목소리로 받아들이지 않았다.

그 순간 작대기 하나가 쇠창살을 뚫고 들어와 그의 등을 훑었다. 작대기의 끝은 영웅의 손에 쥐어져 있었다.

"엄마, 이놈 같은데."

그 소리에 다른 우리에 가 있던 엄마와 아빠, 누나가 한걸음에 달려왔다.

"이게, 이 곰이 우리 태웅이라고?"

"우는 꼴이 꼭 형이잖아."

"등에 글자가 없잖아."

"털이 자라서 덮인 거지. 그러게 염색하라니까."

"그놈들이 끌고 가겠다고 버티고 섰는데 생각이고 뭐고 할 시간이 어디 있어. 근데 얘 진짜 태웅이 맞아? 왜 우리를 보고도 아무 반응이 없어?"

"아까 울고불고 난리 쳤잖아."

"근데 왜 지금은 가만히 있어?"

"서운하고 쪽팔린 거지. 또 자기를 알아보지 못해서 서운하고 이런 꼴인 게 쪽팔리고."

태웅은 그 말을 듣고 영웅이 제 동생이긴 하지만 정말 무
서운 놈이라고 생각했다. 일 년이라도 먼저 태어나서 형이 되
지 않았다면, 자신이 저 흉악한 놈의 동생이었다면 평생 동안
얼마나 갈굼을 당했을지 상상하기도 싫었다. 그래도 영웅만이
또다시 유일하게 태웅을 알아봐 주었다.

"여기 등 자세히 봐봐. 털이 울퉁불퉁하게 자란 거 보이지.
자세히 들춰 보면 사람이라는 글자가 희미하게 보여."

태웅은 심통이 났다는 걸 드러내려고 등을 보이며 돌아앉
았으나 누나와 엄마가 창살 사이로 손을 넣어 태웅의 등을 헤
집기 시작했다. 짧은 털이 이루는 글자가 '사람'이라는 것을
확인한 엄마는 쇠창살과 함께 와락 태웅을 끌어안았다.

"태웅아, 미안해! 엄마가 또 몰라봐서 미안해!"

자신의 아이를 찾지 못한 다른 부모들은 허탈한 표정으로
돌아갔다. 결국 곰 농장 안에 동물화된 사람은 태웅 하나였던
모양이다.

누나와 아빠는 농장 주인에게 달려가 당장 태웅을 풀어달
라고 소리쳤지만 농장 주인은 요지부동이었다. 어쨌든 정부의
허락이 떨어지지 않으면 가족이 찾아왔다 해도 절대 풀어줄
수 없다는 게 농장 주인의 주장이었다. 하지만 엄마는 물러서
지 않았다.

"내 아들 풀어줄 때까지 여기서 농막 치고 살 거니까 그렇

게 알아요. 이 꼴을 본 이상 나는 절대 그냥 못 돌아가요."

엄마는 비장한 표정으로 메고 있던 가방을 끌렀다. 그리고 라텍스 장갑을 손에 끼고 그릇 하나를 꺼내더니 그 안에 염색약을 짜기 시작했다. 태웅은 곰 농장에 들어온 이래 가장 열렬히 도망치고 싶은 마음이 들었다.

"일단 염색약으로 글자를 쓰고 미용기로 글자 테두리 따라서 동그랗게 밀어."

"글자만 쓰면 되지 테두리는 왜?"

"음각, 양각이란 게 있어. 도장처럼 글자가 튀어나오게 해야 나중에 털이 자라더라도 보일 거 아냐."

엄마와 누나가 이마를 맞대고 작당 모의를 하는 동안 아빠는 만들어 온 죽을 한 입씩 철창 안으로 묵묵히 넣어주었다. 태웅은 심술이 난 얼굴로 툴툴거리면서도 주는 죽을 잘 받아먹었다. 형을 찾아내는 가장 중차대한 임무를 완수한 영웅은 또 어디로 샜는지 코빼기도 보이지도 않았다.

그리하여 곰 농장 최초로 털을 염색하고 등에 양각으로 글자를 새겨 넣은 곰이 탄생하게 되었다. 엄마는 떠나기 전 태웅의 목에 커다란 줄을 걸고 가슴께에 캠코더를 달아주며 말했다.

"엄마 이 근처에 있을 거야. 이거 한 번 켜면 열두 시간은 가니까 배터리 다 닳기 전에 와서 갈아줄게. 이제는 우리가 있으니까 걱정하지 마."

누나는 농장 주인에게 일갈하듯 말했다.

"사람인 애한테 이따위 쓰레기를 먹였어요?"

"잘 먹습디다."

누나는 잠시 태웅에게 눈을 흘기고는 다시 말했다.

"애를 얼마나 굶겼으면 그걸 먹었겠어요?"

"아니, 그게 우리야 잘 가둬두라는 말만 들었으니까. 아닌 말로 삼시 세끼 사람 밥을 해다 바칠 수도 없는 노릇이고."

"그건 우리가 해요. 다시는 애한테 이런 거 먹이지 마세요."

누나는 능숙하게 태웅의 가슴에 달린 캠코더를 점검했다. 혹시 모를 사태에 대비해 철창의 한쪽 창살 위에 폴더형 휴대전화까지 붙였다.

"이거 보이지? 밤에 무슨 일 있으면 바로 열어서 1번 버튼 길게 눌러. 손톱으로 누를 수 있지? 엄마랑 내가 근처에 있으니까 누르기만 하면 바로 달려올 거야."

누나는 흡사 작전에 참여하는 특수부대원처럼 비장한 표정이었다. 태웅은 가족들이 자신을 두고 떠난다는 말에 또다시 우울해졌다. 누나는 태웅의 얼굴을 붙잡고 다짐받듯 말했다.

"여기서 정신 안 차리면 쏠개 떼이는 거야! 무슨 말인지 알아?"

태웅이 큰 소리로 울자 누나는 태웅의 뺨을 사정없이 후려

갈기고 멱살을 움켜쥐었다.

"정신 차리라고!"

태웅은 마지못해 고개를 끄덕이며 꺼이꺼이 울었다.

"우리가 늘 곁에서 널 지켜볼 거니까 걱정하지 마! 그러니
너도 너 자신을 지켜야지! 한태웅, 누나 봐!"

태웅은 눈물을 흘리며 누나를 봤다.

"누가 네 쓸개를 떼러 왔다고 치자! 말도 안 되는 일이지만
그런 일이 있다고 할 때, 그 누군가는 사람이고 넌 곰이야. 네
가 들이받으면 그 누구도 어떻게 못 해. 힘으로 널 당해낼 인
간은 없다고."

태웅은 말을 할 수 있다면 이 전략의 가장 치명적인 오류
에 대해 묻고 싶었다. 현생 인류는 호모 사피엔스에 사피엔스
가 하나 더 붙어서 슬기롭고 슬기로운 사람이라고 가르쳐준
게 누나이지 않느냐고. 도구를 쓰는 인간이 '슬기롭게' 철창
밖에서 마취총을 쏘면 그걸 당해낼 재간이 없지 않느냐고.

엄마와 누나는 약속대로 열두 시간마다 농장을 찾아와 캠
코더 배터리와 휴대전화 배터리를 바꾸고 태웅의 상태를 자
세히 살폈다. 누나는 그 자리에서 지난 열두 시간 동안 촬영된
영상을 빨리 감기로 돌려보며 별일이 없었는지 확인했고 엄
마는 정성스레 만들어 온 밥을 태웅에게 먹였다. 그 모습을 본
누나가 한숨을 푹 쉬며 말했다.

"어휴, 우리가 자기를 찾느라 밤잠 못 자며 곰 농장이란 농장은 다 다니는 동안 얘는 세상 편하게 지내고 있었네."

"네 눈에는 철창에 갇혀 지내는 게 세상 편한 거니? 애 앞에서 말 가려서 해."

"엄마, 얘는 사람일 때랑 지금이 다를 게 없잖아."

누나는 그런 말을 하며 가슴께의 캠코더에서 배터리를 빼내려 했다. 누나가 얄미워진 태웅은 주둥이로 누나의 팔을 밀쳐냈다.

"어쭈? 반항이야?"

"이러고 있는 게 편해 보이면 누나가 해보든가!"

태웅은 숫제 몸을 돌려 삐쳤음을 항변했다.

"내 참, 누가 보면 쓸개 꺼내 가서 이러는 줄. 성질부리지 말고 돌아앉아."

분이 풀리지 않은 태웅은 대자로 뻗어 누웠다. 그런 태웅을 보며 누나는 어이가 없는 얼굴로 말을 이었다.

"그래도 넌 우리가 왔으니까 감사한 줄 알아. 지금 전국에서 동물화된 아이들이 한꺼번에 쏟아져 나와서 집도 학교도 다 난장판이야. 한 덩치 하는 애들이 말도 안 통하지, 학교에서 통제도 안 되지, 집에서도 난리 통이지, 두드려 부수고 싸우고 하루하루가 전쟁이래."

태웅은 말이 안 통하는 걸 빼고는 자신은 그 어디에도 해당 사항이 없다고 말하고 싶었다.

"근데 이 동물화가 꼭 사춘기 애들에게서만 발현된대. 딱 밥 안 먹는다고 반항하던 너처럼. 반인반수라는 말이 괜히 나온 게 아니었어. 어이, 듣고 있어? 곰?"

태웅은 그제야 자신이 왜 군용 트럭이 아니라 1톤 트럭에 실려 곰 농장에 오게 되었는지 이해됐다. 동물화된 아이들이 많아지는 게 좋은 일인지 나쁜 일인지는 알 수 없었지만 그 많은 아이 중 다시 사람으로 돌아온 아이가 있는지 궁금했다.

누나가 모든 걸 말해주지 않아 태웅은 알 수 없었지만 철창 밖 세상은 전쟁 그 이상이었다.

비교적 초기 동물화로 규정된 태웅의 변화 이후 전국 각지에서 동물화 아이들이 매일 수십 명이나 쏟아져 나왔다. 십 대가 통제불능의 동물로 변하자 세상은 혼돈 그 자체가 되었다. 동물화가 사춘기를 지나는 아이들에게서만 발현된다는 사실이 알려진 뒤 사람들은 그나마 조금은 안심하게 되었다. 사람들은 '사춘기'가 '동물화'로 진화한 것이라고 해석했다.

물론 웃지 못할 촌극도 있었다. 동물화가 아직 제대로 정의되지 않았을 때 어떤 중년 여성은 자신의 남편이 개가 되었다고 주장하며 남편과 개의 사진을 넣어 사람을 찾는다는 현수막을 만들어 걸었다. 알고 보니 남편은 바람이 나서 집을 나간 것이었고, 중년 여성은 남편이나 개나 큰 차이가 없어서 몰랐다는 말로 남편에게 전국구 망신살이 뻗치게 했다. 원래 어른은 가끔씩 동물이 되기도 한다는 우스갯소리가 돌 무렵, 사람들은 사춘기 아이들의 동물화를 그럴 수 있는 일로 받아들이기 시작했다. 한 인플루언서는 어차피 반인반수의 시기를 겪는 아이들이니 겉모습까지 바뀐다면 사춘기에 대한 확실한 경각심을 주지 않겠냐고, 동물화는 차라리 잘된 일이라는 말을 SNS에 올렸다. 그런 말 같지도 않은 말을 쓴 인플루언서의 SNS는 동물화된 가족들에 의해 초토화당한 뒤 계정이 사라졌다.

여의도 국회의사당 앞에서는 동물화된 아이를 가진 부모들이 전국에서 몰려들어 아이들의 강제 구금에 항의하는 집단 시위를 펼쳤다. 그중 일부는 목에 팻말을 걸고 철창 안에 갇히는 퍼포먼스를 선보이며 사람들의 이목을 집중시켰다.

그 앞에 놓인 파리가 들끓는 죽과 사료는 동물화된 아이들이 직면한 현실을 처참하게 보여주었다. 그러나 벚꽃이 흐드러지게 핀 도로에서 철창과 그 안의 사람들은 철저히 지워졌다. 사진 편집 기술이 너무 좋아진 탓이었다. 사람들은 아름다운 벚꽃 거리 사진에서 보기 싫은 부분만 파내 버리듯이 밥그릇과 철창을 지웠다. 천막과 바람에 나부끼는 현수막 또한 아름다운 SNS 세상에서는 보이지 않았다.

그러나 잔인한 봄이 끝나기 전, 동물원에 갇힌 원숭이 아이가 식음을 전폐하다 죽은 사건이 세상에 알려졌다. 원숭이가 된 아이가 스스로 생을 마감했다는 소식은 동물화를 쉽게 생각했던 사람들에게 충격을 안겨 주었다.

원숭이 아이의 유품은 그 아이가 목매단 목줄 하나였다.

결국 한 아이의 죽음이 불거진 이후에야 사람들은 동물화된 아이들의 고통을 알게 되었다. 사슴 농장으로 끌려간 아이는 피가 빨렸고, 원숭이 농장에 끌려간 아이는 진짜 원숭이들에게 린치를 당해 몰골이 말이 아닌 상태가 되었다. 이런 사실들이 알려진 뒤, 사람들은 동물화된 아이들을 철창에 가둔 세상의 편협함과 졸속 행정에 분노했다.

그 시점에 맞춰 한 유튜버가 동물화된 아이들이 여전히 인간으로서 사고하고 감정을 느끼며 제 의사를 표현하고 전달할 수 있다는 사실을 알렸다. 사람들은 겉모습은 동물일지라도 그 안에 여전히 이성적 사고를 하는 사람이 들어 있다는 것을 인지하며 아이들의 거취를 재논의하기 시작했다.

자신의 의사를 가장 지능적으로 표현한 것은 원숭이였다. 시골 장꾼에게 팔려 간 원숭이 소년은 사람들 앞에서 글자 카드를 조합해 '살려주세요'라는 문장을 만들며 자신이 사람임을 알렸다. 이에 화가 난 장꾼은 수백 가지 글자 카드를 치우고 장사에 필요한 '만병통치약'이라는 글자만 원숭이에게 주었다.

장꾼은 원숭이를 사람처럼 보이도록 훈련시킨 게 자신이라고 떠벌리며 돈을 벌었다. 사람들 역시 원숭이가 글자를 알고 있는 건 고도의 훈련 덕이라고 믿었다.

이런 상황을 뒤늦게 알게 된 원숭이 소년은 장꾼 몰래 유성 펜을 훔쳐 숨겼다. 라이브 방송을 하는 유튜버가 찾아와 그를 찍기 시작했을 때 소년은 수만 명이 지켜보는 그 방송에서 들고 있던 글자 카드를 뒤집었다. 그 뒤에는 급하게 휘갈긴 단어가 적혀 있었다.

이 놈 유 괴 범

장사꾼이 글자 카드를 빼앗아 구기는 사이 원숭이는 천막 위로 달아나 유성 펜으로 지붕에 글을 쓰기 시작했다.

씨 발 난 사 람

이 다섯 글자와 함께 원숭이가 들어 올린 가운뎃손가락은 여의도 국회의사당 앞의 철창 퍼포먼스도, 부모들의 천막 농성도 해내지 못했던 동물화된 아이들의 자유를 끌어냈다.

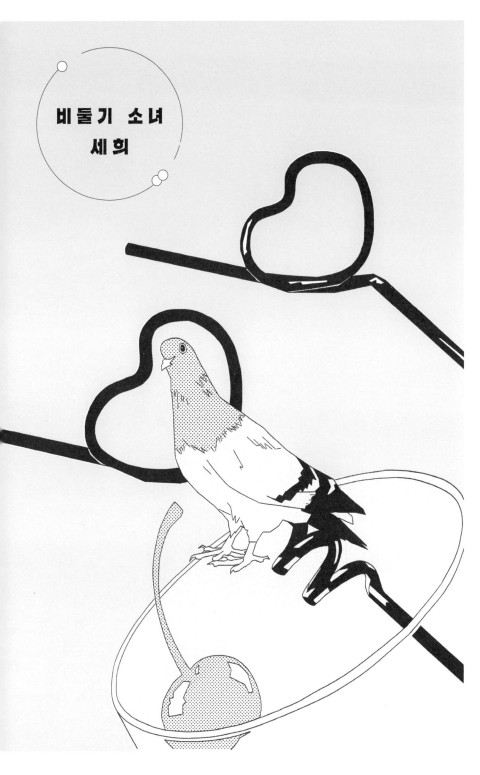

비둘기 소녀
세 희

세희는 세상 모든 것에 '좋아요'를 눌렀다. 좋아하는 가수의 SNS에 새 글이 올라오면 1등으로 좋아요를 누르고 댓글을 다는 게 지상 최대의 과제였다. 메론을 통째로 파내어 만든 메론 빙수도, 가방에 대롱대롱 매달린 작은 인형도, 엄마 몰래 사서 바르는 틴트도, 세희의 세상에선 모두 좋아요를 누를 만한 존재들이었다. 세희의 세상에 '싫어요'는 없었다.

다만 '싫어요'의 뜨뜻미지근한 미움을 능가하는 극렬한 혐오가 존재했을 뿐.

'정말 정말 싫어요'가 있다면 슈팅 게임의 버튼처럼 마구 누르고 싶은 존재가 바로 비둘기였다. 그냥 싫은 정도를 넘어 끔찍하게 싫어진 건 초등학생 때 얼굴에 비둘기 똥을 맞고 난 뒤부터였다. 똥독이 오른 것처럼 딱 그 부위만 발갛게 발진이 생겨 몇 날 며칠을 고생했다.

그 이후로 붉은 눈과 붉은 다리, 비듬이 떨어지는 날갯죽지와 뚱뚱한 몸까지 비둘기의 모든 것이 싫었다. 목을 앞뒤로 흔들며 걸어가는 모습도 싫었고 구구거리는 소리조차 비호감이었다. 아파트 3층인 집 베란다 실외기 주변에 비둘기들이 몰려든 걸 발견하고는 아빠를 졸라 조류 방지 스파이크를 설치하자고 한 것도 자신이었다.

그런데 비둘기로 변하다니.

하고 많은 동물 중에 하필 비둘기라니!

게다가 더 황당한 것은 엄마와 싸우고 방에 들어왔다가 순식간에 비둘기로 변해버렸다는 것이다. 마술사의 품 안에서 순식간에 비둘기가 튀어나오듯 자신이 입고 있던 외투에서 순식간에 비둘기가 되어 뛰쳐나왔다.

어찌 된 영문인지 몰라 푸드덕대며 방 안을 헤매고 있는데 벌컥 문이 열리며 엄마가 들어왔다. 비둘기를 본 엄마는 앞뒤 재지 않고 빨래 바구니를 가져와 몰아대는 동시에 구둣주걱으로 때려대며 세희를 내쫓기 시작했다.

"이놈의 비둘기가 여기가 어디라고 들어와!"

세희는 맞아 죽지 않기 위해 열린 창문으로 기를 쓰고 날아올랐다. 파드닥거리며 쫓겨난 세희는 자신도 비행이 가능하다는 사실을 알았다.

'아, 나도 날 수 있구나.'

졸지에 비행 소녀가 된 세희는 아파트 단지를 배회했다.

실외기 주변에 스파이크를 박지 않은 옆집 베란다에 매달려 하염없이 울었다. 많고 많은 동물 중에 왜 하필이면 비둘기가 된 걸까? 싫다고 노래를 불렀던 비둘기라니, 운명의 장난 같았다.

자신이 할 수 있는 건 비둘기의 소리로 우는 것뿐이었다. 혹시라도 엄마가 자신을 알아보고 창문을 열어주지 않을까, 자신이 사라졌다는 걸 이쯤에서 눈치채지 않을까 하는 마음으로.

그러나 세희네 집 베란다에는 더 많은 스파이크가 촘촘히 박혀 있어 근처에도 갈 수가 없었다. 그렇게 비둘기 똥이 싫다고 부모님을 닦달했던 자신이 미웠다.

밤이 되자 비둘기가 된 세희에겐 또 다른 고민거리가 생겼다. 세희는 아파트 창문에서 흘러나오는 수많은 불빛으로 인해 숙면을 할 수 없다는 걸 알게 되었다. 비둘기의 몸이 된 이상 생물학적 특징 또한 같아진다는 걸 밤이 되어서야 알게 된 것이었다. 밤을 밝히는 빛은 한두 집의 문제가 아니었다. 도시 전체가 그랬다. 가로등과 자동차 불빛 또한 어디에나 있었다.

결국 세희는 불빛을 피해 사람이 뜸한 하천 인근의 다리로 갔다.

교각의 상판 부분과 기둥 사이에는 이미 수많은 비둘기가 모여 쉬고 있었다. 그들과 멀찍이 떨어져 바닥에 자리 잡은 세희는 산책하는 사람들을 물끄러미 바라보았다.

저녁을 먹고 엄마와 자주 산책하던 곳이었다. 고작 엊그제 일이었지만 울컥 눈물이 솟구쳤다. 그때 우다다 하는 소리와 함께 목줄이 풀린 개 한 마리가 세희를 향해 전속력으로 달려왔다. 세희는 깜짝 놀라며 푸다닥 날아올라 기둥 위 다른 비둘기가 있는 곳으로 몸을 피했다. 개는 다리 아래에서 한참을 짖다가 주인의 손에 이끌려 떠났다.

"산책길에 개 줄을 안 잡으면 어떡해요!"

세희는 달려든 개보다 주인이 더 얄미웠다.

개가 떠나자 그 자리를 선점하고 있던 다른 비둘기들이 다가와 날카로운 부리로 세희를 쪼아대기 시작했다. 세희를 교각 밖으로 구구구구 몰며 쫓아내는 모양새였다. 원래 비둘기였던 그들은 동물화된 세희를 우주에서 날아온 외계 생물로 취급했다. 말이 통하지 않는 것은 둘째치고 비둘기답지 않은 행동은 그들의 반감을 사기에 충분했다. 비둘기의 세계에서 서열은 덩치로 결정되는데, 다 자란 비둘기 크기의 3분의 2 정도밖에 되지 않는 세희는 자연스레 서열에서 밀릴 수밖에 없었다. 덩치도 작고 우두머리가 누군지도 몰라보는 청맹과니인 세희를 그들이 좋아할 리 만무했다.

낮이 되어도 사정은 마찬가지였다.

이유 없이 미움을 받는 것도 억울한데 사람들이 뿌려주는 먹이를 얻어먹지 못하는 것은 더 억울했다. 골고루 뿌려주는 걸 먹는 건데도 비둘기들은 세희를 자신들의 것을 빼앗아 가는 도둑으로 취급했다. 수많은 비둘기 중 '유해 조류에게 먹이를 주지 마시오'라는 현수막을 읽고 눈치를 보는 것은 세희 혼자뿐이었다. 먹이를 주는 사람도 눈치를 보며 사람들이 자주 오가지 않는 이른 새벽이나 늦은 저녁에 가끔 먹이를 뿌리고 가곤 했다.

세희는 '유해'라는 말에는 고양이처럼 쥐를 잡아주지도 않는 데다가, 중성화를 시키는 것보다 더 빠르게 번식해서 골치 아프다는 뜻이 담겨 있다고 생각했다. 새 중에서 가장 자연스럽게 도시의 삶에 녹아든 게 비둘기이지 않을까. 그래서 삶의 터전을 공유해야 하는 사람 입장에서는 존재 자체가 싫은 거고, 비둘기 입장에서는 눈칫밥을 먹게 되는 거고.

자신이 비둘기가 되고 보니 비둘기의 입장이 조금 이해가 되었다.

스무 마리 정도 되는 비둘기 무리는 서열대로 먹이를 받아먹었다. 우선 우두머리가 먹기 시작했고 조금 떨어진 곳에서 나머지 비둘기들이 먹이를 쪼아 먹었다. 세희는 슬금슬금 눈치를 보며 조금 먼 곳에 떨어진 먹이를 주워 먹었다. 그런데

새들의 세계에도 규율 반장이 존재하는 걸까. 목에 청록색 띠를 두른 비둘기 하나가 먹던 걸 팽개치고 다가와 날카로운 부리로 세희를 쪼기 시작했다.

'어린것이 어디 남의 밥상에 숟가락을 얹어?'

사람이었다면 그런 말을 했을까.

청록색 목도리는 잔뜩 화가 난 건지 인정사정 봐주지 않고 세희를 공격했다. 얼떨결에 공격당한 세희는 저항 한번 해보지 못하고 정통으로 이마를 쪼이고 말았다. 규율 반장은 계속해서 얼굴 쪽을 공격했다. 무리 중에 한쪽 눈이 이상한 비둘기가 있었는데 이제 보니 규율 반장에게 눈알을 쪼인 모양이었다. 부리나케 다른 곳으로 도망쳤지만 청록색 목도리는 계속해서 세희를 공격했다. 덩치나 힘에서 열세였기에 그저 도망가는 수밖에 없었다. 다른 비둘기들까지 합세해 퇴로를 차단하고 세희를 쪼아대려는 그때 기둥 반대편에 있던 덩치 큰 비둘기 한 마리가 나타나 그들을 막아섰다.

짙은 회색빛 털, 유난히 큰 덩치, 날카로워 보이는 부리, 한눈에 봐도 녀석이 다리 밑의 우두머리로 보였다. 덩치는 날개를 반쯤 펴고 푸드덕대며 무리를 해산시켰고 비둘기들은 구구 소리 한번 못 내고 흩어졌다. 덩치는 털이 뽑혀 초라한 몰골이 된 세희를 보더니 다시 자기 자리로 돌아갔다. 세희는 서러움에 눈물이 뚝 떨어지려는 찰나 눈앞에 떨어진 큰 누룽지 조각을 보았다. 제 의지와 상관없이 주둥이가 앞으로 뻗어 나갔다. 맷값으로 번 값진 누룽지를 먹으며 눈물을 안으로 삼켰다.

'그래도 스파이크 꽂혀 있는 베란다보다는 나아. 구둣주걱으로 때리던 엄마보다도 낫고. 엄마는 내가 비둘기가 되었는지도 모를걸? 아, 이놈의 세상. 싹 다 비둘기나 되어버려라!'

보호자 없이 집을 나온 세희는 철저히 혼자가 되어 자신을 지켜야 했다. 하루 이틀 시간이 지나자 낮에는 눈치를 보며 모이를 주워 먹고, 밤에는 교각의 가장자리 끝에 겨우 걸터앉아 잠을 청하며 살아남는 법을 배웠다.

그렇게 전쟁 같은 하루하루를 보내며 시간이 흘러갔다.

비둘기 세계의 계절 변화는 알에서 부화한 새로운 생명으로 알 수 있었고 인간 세계의 계절 변화는 사람들의 가벼워진 옷차림에서 알 수 있었다.

세희가 집을 나온 건 늦은 봄이었는데 어느새 사람들의 옷차림은 반소매에 반바지 차림으로 변해 있었다. 나뭇가지마다 매달린 매미가 시끄럽게 울어댔다. 아마도 여름의 시작쯤일 텐데 딱히 날짜가 궁금하지 않은 이유는 돌아갈 마음이 없어서였다.

세희는 쫓겨난 뒤로 다시는 집을 찾아가지 않았다. 비둘기가 가진 귀소본능이 발현되지 않은 건 집을 돌아갈 곳이라고 여기지 않기 때문이라고 생각했다.

집을 잊고 살아가던 세희 앞에 한 무리의 사람들이 나타났다. 뿔테 안경을 쓰고 망원경을 들고 있는 남자가 '구조대'라는 글씨가 적힌 조끼를 입고 있는 사람들을 이끌고 있었는데, 놀랍게도 그 속에는 세희의 엄마도 있었다.

"비둘기로 동물화되었다면 그렇게 멀리까지 날아가진 않았을 겁니다."

"선생님, 비둘기가 확실하겠죠?"

뿔테 안경을 쓴 사람은 새 박사였다. 그는 지퍼 백 속에 든 깃털 하나를 꺼내며 다시 한번 힘주어 말했다.

"네, 백 퍼센트 비둘기 깃털입니다. 여기가 집에서 멀지 않은 교각이니 이 근처일 확률이 높습니다. 근데 어머니는 그때 쫓아낸 비둘기를 확실히 기억하십니까?"

"그게 잘……. 워낙 순식간에 벌어진 일이라."

"엄마를 보면 따님이 바로 날아오겠죠."

그 따님인 세희는 그 모든 이야기를 그들의 머리 바로 위에서 듣고 있었다.

'쳇! 쫓아낼 때는 언제고. 이제 와서 참 눈물겹네.'

엄마는 낮은 목소리로 조용히 세희의 이름을 불렀다.

"세희야, 너 거기 있니?"

'있으면 얼씨구나 하며 내려갈까 봐?'

모이를 쪼아 먹으며 살아남은 지난 시간이 주마등처럼 지나가며 세희의 마음을 아프게 했다. 주변을 수색하던 구조대는 세희로 추정되는 몇몇 비둘기들을 엄마의 앞에 데리고 왔지만 허사였다. 결국 구조대가 돌아가고 세희 엄마는 혼자 남았다.

엄마는 허탈한 표정으로 벤치에 앉아 발 주변에 모여든 비둘기를 힘없이 보았다. 세희는 일부러 엄마 쪽에서 등을 돌리고 반대편을 바라보며 앉아 있었다. 그 마음을 알기라도 하듯 엄마의 목소리가 들렸다.

"세희야, 너 거기 있는 거 알아."

세희는 들킬세라 저절로 목이 움츠러들었다.

"아까 다른 사람들이 있어서 못 온 걸까 싶었는데, 아무래도 세희는 엄마가 미워서 내려오지 않은 게 아닌가 싶다."

세희 엄마는 앉았던 자리를 정리하고 일어섰다. 그리고 교각 위의 수많은 비둘기 중 정확히 세희를 바라봤다.

"처음에 엄마가 너 몰라보고 내쫓았을 때 너무 서러웠겠다 싶더라. 엄마가 정말 미안했어. 아빠 차 보닛 위에서도 기다렸는데 아빠도 몰라보고 쫓아내고."

세희는 왈칵 눈물이 터질 것 같았지만 꾹 눌러 참았다. 슬금슬금 몸을 돌려 엄마를 내려다보았다.

"엄마랑 아빠는 네가 동물화되어서 집을 떠났다는 걸 뒤늦게 알았어. 딸을 몰라본 게 너무너무 후회돼서 차 블랙박스에 찍힌 네 영상을 보고 또 보고, 수백 번도 더 돌려봤어. 다시는 널 놓치지 않으려고."

'비둘기 눈이 붉어서 다행이야. 그렇지 않았으면 지금 눈물이 그렁그렁하고 눈시울이 붉어진 걸 엄마한테 들켰을 테니까.'

그럼에도 세희는 엄마에게 제 모습을 오롯이 드러낼 용기가 나지 않았다.

"엄마 내일 다시 올게. 매일매일 하루에도 몇 번씩 올 테니까 마음이 괜찮아지면 엄마한테 와줘. 세희는 어떤 모습이어도 엄마 딸이니까. 내일 보자."

엄마의 마지막 말은 비둘기 무리 안에서 늘 외톨이였던 세희를 좀 더 씩씩하고 용감하게 만들었다. 다시 볼 가족이 있다는 것은 더 이상 다른 비둘기들의 괴롭힘에 기죽지 않게 해줬고, 따돌림에도 의연해지게 만들었다. 비둘기일지라도 여전히 엄마의 딸이라는 믿음은 세희를 지켜주는 울타리가 되었다.

부모님의 존재는 울타리가 되기도 했지만 때로는 추운 날 온기를 나눠주는 손난로가 되기도 했다. 그 작은 손난로가 주는 온기에 의지해 팍팍한 세상을 살아갈 수 있다는 걸 너무 따뜻한 집에서 자란 아이들은 알지 못했다.

엄마는 약속대로 매일같이 출근 도장을 찍으며 찾아왔다. 세희는 먼발치에서 바라보다 엄마가 던져준 먹이를 받아먹는 일에 익숙해졌다. 다른 비둘기들 역시 세희 엄마가 다른 사람과 달리 유달리 세희에게만 먹을 것을 많이 준다는 사실을 알고 있었다. 덩치가 모든 것을 압도하는 비둘기 세계에서 가장 큰 덩치를 가진 것은 세희 엄마였기 때문에 비둘기들은 일시적인 우두머리가 나눠주는 급식 배분에 토를 달지 않았다.

세희는 더는 다른 비둘기들의 눈치를 보며 먹이를 구걸하지 않아도 되었다. 든든한 배경의 등장은 세희를 교각의 이인자로 만들었다.

어느 정도 야생 생활에 적응한 세희는 원래의 제 모습을 찾아가기 시작했다. 비둘기는 '난생'이지만 세희의 '태생'은 천방지축 말괄량이 소녀였다.

우울한 분위기를 벗고 쾌활한 모습을 되찾은 세희는 활동 영역을 넓혀 다른 비둘기들을 관찰하기 시작했다. 항문외과 의사도 아니건만 비둘기들의 항문만을 들여다보는 독특한 취미가 생겼다. 비둘기를 키우고 싶다고 노래를 불렀던 사촌 동생 덕에 세희는 퍽 이상한 비둘기의 암수 구별법을 알고 있었기 때문이다.

수컷은 항문이 ∪ 모양이고 암컷은 뒤집힌 ∩ 모양이라 덩치가 아닌 항문으로 암수를 구별할 수 있었다. 세희는 바닥에 떨어진 모이를 주워 먹느라 정신없는 청록색 목도리의 항문을 유심히 바라봤다. 먹이를 먹느라 잠깐 엉덩이를 치켜들 때나 볼일을 보는 순간에만 그들의 암수가 드러났다.

'음, 규율 반장은 역시 뒤집혔군.'

그리고 눈을 돌려 무리의 끝에 홀로 있는 회색 덩치를 바라봤다.

세희는 이곳에 온 이래로 저 덩치가 은근히 자신을 챙겨주고 먹던 먹이까지 양보해 준다는 이상한 착각이 들었다. 사람으로 치면 '쟤가 날 좋아하나' 싶을 텐데 사람이 아니니 무슨 수작인지 궁금하기 짝이 없었다. 세희는 먹이를 찾는 척 은근슬쩍 덩치의 뒤로 가 엉덩이를 흘끔거렸다. 수컷일 것 같지만 만약의 경우를 위해.

볼일을 보던 덩치는 자신의 엉덩이를 뚫어지게 바라보는 세희를 뒤늦게 발견하고 화들짝 놀란 듯 날개를 퍼덕였다.

'어, 쟤가 갑자기 왜 저렇게 화를 내지?'

도망치며 뒤돌아보니 덩치는 화가 단단히 났는지 계속 날개를 퍼덕이고 있었다. 세희는 뭔가 녀석의 심기를 건드렸다는 생각에 당분간 옆에서 얼쩡대지 말아야겠다고 다짐하면서도 왠지 모르게 부끄러운 마음이 들었다.

이후 덩치는 세희가 옆에만 오면 극도로 경계했지만 며칠이 지나자 조금 화가 누그러진 모습이었다.

'비둘기 머리가 나쁘다는 말이 헛소문은 아니네.'

슬며시 옆으로 가봤지만 덩치는 예전처럼 별 반응 없이 세희를 무심히 대하는 눈치였다. 어쨌든 비둘기로서의 삶은 하루하루가 전쟁 통이었지만 매일 잊지 않고 찾아오는 엄마 덕분에 그래도 버텨낼 만했다.

날이 갈수록 세희는 자신을 지켜주는 진짜 울타리가 덩치임을 알았다. 다른 무리의 비둘기들이 날아와 세희를 공격할 때면 어김없이 덩치가 나타나 그들을 물리쳐 주었다. 세희는 덩치의 보호 아래 자유롭게 야생 생활을 지속할 수 있었다.

엄마는 하루에도 몇 번씩 세희를 찾아와서 이야기를 건넸다. 주말이면 가끔 아빠와 함께 왔는데 아빠는 여전히 세희가 비둘기라는 사실을 믿지 못하는 눈치였다. 그래서인지 세희가 아닌 다른 곳만 바라보다 말없이 집으로 돌아갔다.

그러나 엄마는 세희가 듣고 있다는 걸 확신한 듯 사람이었을 때처럼 다정하게 이야기를 건넸다. 많은 아이가 다시 사람으로 돌아오고 있다는 반가운 소식을 전했지만 막상 그 말을 듣자 마음 한편에 두려움이 찾아들었다.

엄마는 이제 세희가 교각 생활을 접고 돌아와 집에서 동물화를 끝내길 바랐다. 스파이크를 치우고 실외기까지 정리하며 만반의 준비를 한 엄마와 달리 정작 세희의 마음에는 이상한 존재가 들어와 있었다.

세희는 회색 덩치를 떠나고 싶지 않았다. 자신을 아껴주는 덩치가 마음을 가득 차지해 버려서 계속 곁에 머무르고 싶다는 생각만이 가득했다. 사람으로 돌아가지 못한다 해도 덩치

곁에서라면 괜찮을 것 같았다.

세희는 그런 생각을 하는 자신이 한심스럽고 부끄러웠지만 제 마음을 어쩔 수 없었다.

엄마는 세희가 다리 밑에서 사람으로 돌아올까 봐 걱정이 이만저만이 아니었다. 세희 역시 만약의 사태를 대비해 밤잠은 집으로 돌아가서 자기로 했다. 그러나 엄마가 내민 이동용 새장에 들어가는 건 한사코 거부했다.

세희에겐 이제 비행에 능숙해진 튼튼하고 강한 두 날개가 있었다.

세희는 저녁이면 혼자 힘으로 집까지 날아갔다. 집으로 가는 길은 이미 몸이 기억하고 있었기에 어려울 것은 하나도 없었다. 꾹꾹 눌러두었던 귀소본능이 세희를 집으로 안내했다. 방충망까지 열려 있는 베란다로 들어가 엄마가 준비한 따뜻하고 포근한 보금자리에 몸을 누이면 절반쯤은 사람이 된 듯한 기분이었다.

아침이 되어 다리로 돌아올 때면 교각이 보이는 시점에서부터 덩치의 모습이 보였다. 덩치는 늘 세희가 날아오는 것을 바라보고 있었는데 세희의 기분 탓이겠지만 왠지 모르게 기다리고 있다는 생각이 들기도 했다.

어느 날 무슨 용기에서인지 세희는 덩치 곁으로 날아가 부리로 깃털을 콕 찍으며 인사를 건넸다. 나 돌아왔다고. 몇 날 며칠 동안 출근 도장을 그렇게도 정성스럽게 찍어대도 덩치는 가타부타 반응이 없었다. 하루는 세희가 다리로 돌아와 출근 도장을 깜빡하고 제 깃털을 고르고 있는데 녀석이 슬그머니 옆으로 다가오는 게 아닌가. 마치 얼른 도장을 찍으라는 듯 제 몸을 들이밀며.

세희가 히죽 웃으며 녀석의 등에 부리를 콕 찍자 덩치는 그제야 됐다는 듯 제자리로 돌아갔다. 비둘기가 사랑스럽게 느껴지는 것은 세희에게 처음 있는 일이었다.

세희는 자신이 달라지고 있다는 것을 알았다.

다리와 집을 오가며 날개는 더욱 강해졌고 세상을 바라보는 시야도 넓어졌다. 가끔은 하천 주변을 날며 다리에서 보지 못했던 것들을 내려다보기도 했다.

"와, 이런 곳도 있구나."

높은 곳에서 바라보니 온 세상이 작아 보였다.

자신을 괴롭히던 청록색 목도리도 보이지 않고, 없어지면 어쩌나 전전긍긍하던 덩치도 생각나지 않았다. 집을 떠나 알게 된 것들과 다리를 벗어나 알게 된 것들이 점점 커지면서 세희는 동물화의 끝은 어쩌면 이 시선의 크기가 달라지는 때가 아닐까 생각했다.

그렇게 많은 생각과 함께한 야간 비행을 끝내고 꿀잠을 잔 다음 날, 다리로 돌아오니 생각지도 못한 충격적인 광경이 자신을 기다리고 있었다.

회색 덩치의 자리에 흰둥이가 앉아 있는 게 아닌가.

하루아침에 무리의 우두머리가 바뀌어 버렸다. 세희가 모르는 사이에 영역 싸움에서 밀린 것인지 평소에도 호시탐탐 덩치의 자리를 노리던 흰둥이가 교각의 상석에 올라가 있었다. 덩치는 온데간데없이 사라져 버렸다.

'방심한 사이에 개에게 습격당한 걸까? 고양이를 만난 걸까?'

덩치를 찾아 다리 주변을 훑던 세희의 눈에 충격적인 광경이 들어왔다. 덩치가 주로 머물던 다리 아래에 치열한 싸움의 흔적인 듯한 수많은 회색 깃털과 핏방울이 떨어져 있었다.

세희는 실성한 사람처럼 다리 아래로 내려가 그 흔적을 이리저리 살펴보았다. 세희가 출근 도장을 찍었던, 그 몸에 있던 깃털이 분명했다.

교각 위로 날아오른 세희는 무슨 용기에선지 곧장 흰둥이 곁으로 가서 다그쳤다.

"덩치 어디 있어?"

흰둥이는 아무 말도 하지 않았다. 흰둥이가 세희의 사람 말을 알아들을 리가 없었다.

"덩치 어디 있냐고!"

세희가 내지르는 비명에 가까운 외침은 비둘기의 소리도, 사람의 소리도 아니었으나 주변을 오가는 사람들과 비둘기들의 시선을 끌기엔 충분했다. 슬픔이 주체할 수 없이 차올라 작은 몸이 터져버릴 것만 같았다. 비둘기가 되었을 때는 세상의 반이 무너져 버린 것만 같았는데 지금은 온 세상이 증발해 버린 것 같은 기분이었다.

세희는 교각 위에서 밤새도록 울었다.

밤에는 집으로 돌아가야 했지만 마음이 텅 비어서 그 무엇도 하고 싶지 않았다. 세희는 처음으로 자신에게 덩치가 어떤 존재였는지 생각해 보았다. 덩치가 사라진 게 왜 이토록 가슴이 아프고 먹먹한지. 덩치가 그저 울타리가 되어주고 다른 비둘기의 괴롭힘으로부터 지켜주던 우두머리여서 좋아했던 게 아니었음을 깨달았다. 말 한마디 나눠보지 못했고 이렇다 할 교감도 없었지만 함께한 시간만으로 덩치는 세희에게 충분히 소중한 존재였다.

가족이 아닌 소중한 존재. 그 첫사랑이 비둘기라니. 이름도 성도 없는, 똥구멍이 웃는 모양인 것만 알고 있는 수컷 비둘기가 첫사랑이라니.

세희는 처음으로 이상한 소원이 생겼다. 그것은 어린 시절 엄마와 아빠가 마법사이길 바랐던 거나, 자고 일어나면 머리맡에 새 휴대전화가 있었으면 했던 지난날의 소원들과 결이 달랐다.

자신이 다시 사람으로 돌아가는 것도 아니었고, 덩치가 아무 일 없이 돌아오는 것도 아니었다. 지금의 현실을 덤덤히 받아들인 소원이었다. 가슴 아픈 일이지만 덩치가 조금만 다쳤기를, 다시 우두머리가 될 수 없더라도 무리로 돌아와 예전처럼 자신과 함께하기를 빌었다.

받아들일 것은 받아들이고 내어줄 것은 내어주어야 하는, 엄마가 말하던 어른들이 소원을 생각하는 법을 따른 순간, 세희는 말랑거리던 제 마음이 단단해지는 걸 느꼈다.

아침이 밝자마자 세희 엄마가 다리 아래로 찾아와 이름을 불렀다.

"세희야!"

세희는 구석진 자리로 몸을 숨겼다. 그러나 엄마라면 하천을 다 뒤져서라도 자신을 찾아낼 것이었다.

"세희야, 거기 있는 거 다 알아."

세희는 모르는 척 고개를 돌리고 부리로 깃털을 손질했다.

"거기 왼쪽에서 하나, 둘, 셋. 깃털 손질하는 이쁘고 통통한 비둘기."

몰라볼 때는 언제고 이제 와서. 그러나 초등학교 입학식 때 뒤통수만으로도 자신을 찾아냈던 엄마의 전력이 떠올랐다. 세희는 푸드덕 날아올라 다리 근처를 배회한 뒤 무리에서 멀리 떨어진 곳에 내려앉았다. 헐레벌떡 다가온 엄마를 향해 날개를 파드닥거리며 볼멘소리로 분노를 표출했다.

"엄마, 나 좀 혼자 있게 해줘."

"이놈의 계집애! 사람 애간장을 다 태워놓더니 여기서 계모임이라도 하는 거야?"

"엄마 그만……."

"어제는 왜 집에 안 왔어?"

"……걔가 사라졌으니까. 어쩌면 이 세상에서 영원히."

이별이 이렇게 허망하고 예사롭다는 것을 알지 못했던 세희에게는 덩치가 없어진 게 적잖은 충격이었다. 그 일로 자신의 마음이 이렇게 무너진 것도 예상 밖이었다.

풀이 죽은 세희 곁에 선 엄마는 그제야 세희가 어제저녁부터 아무것도 먹지 않았음을 떠올렸다. 새벽부터 다리를 뒤지느라 먹을 것을 챙기지 않은 게 후회되었다.

그때 자전거를 탄 남학생 하나가 오더니 다리 근처에 자전거를 세우고 가방에서 무언가를 꺼내 비둘기들에게 뿌리기 시작했다. 염분이나 설탕이 첨가된 과자가 아닌 담백한 누룽지였다.

세희네 학교 교복을 입었지만 큰 키로 봐선 3학년쯤 될까.

교복을 보자마자 숨어버린 세희와 달리 엄마는 친근한 표정으로 남학생에게 다가가 말을 붙였다.

"학생, 잠깐 뭐 좀 물어봐도 될까?"

남학생은 고개를 끄덕였다.

"지금 비둘기한테 주는 거, 뭐야?"

남학생은 대답 대신 누룽지라는 글자가 크게 쓰인 겉봉지를 내밀었다.

"혹시 한 주먹만 얻을 수 있을까? 저쪽 비둘기들한테도 나눠주고 싶어서."

남학생의 시선이 주변을 배회하고 있던 세희의 통통한 몸에 닿았다. 세희는 쥐구멍에라도 숨고 싶은 심정이었으나 길바닥 어디에도 제 몸을 숨길 만한 곳은커녕 돌덩이 하나 보이지 않았다. 세희 엄마는 한 움큼 집어 든 누룽지를 들고 곧장 세희에게 다가왔다.

"이거라도 먹어."

"쪽팔려. 모르는 사람한테 밥은 왜 얻어 와?"

"밥투정하지 말고 어서 먹어."

남학생이 들을세라 낮게 뇌까리는 말이었지만 세희는 기분이 몹시 상하고 말았다. 교각 뒤쪽에 있는 비둘기들까지 모여들어 일대는 순식간에 비둘기 천지가 되었다. 세희는 멀찍이 떨어져 엄마가 부스러기처럼 만들어서 던져주는 누룽지를 잘게 씹어먹었다.

엄마 덕분에 저 틈바구니에서 벗어나 제 몫의 누룽지 조각을 얻어 먹었지만 마음 한구석은 여전히 우울하고 슬펐다.

'혹시 덩치가 자연사한 것이라면, 설마 내가 할아버지를 좋아했던 거야?'

그런 생각은 세희를 더욱 서글프게 만들었다. 종도 나이도 초월한 사랑이란 게 있을까.

'다시는 누군가를 좋아하지 말아야지. 살아 있는 건 아무것도 좋아하지 않을 거야. 땅바닥에 기어가는 개미 한 마리도 미워할 거야. 안녕이라고 말 한마디 못 하고 가버리는 건 다 미워할 거야.'

세희의 뺨에서 또르르 눈물이 흘러내렸다.

바로 그 순간 옹송그린 채 울고 있던 세희의 몸에서 깃털 하나가 떨어졌다.

유자 비둘기
지훈

지훈은 처음부터 자신의 동물화를 순순히 받아들인 편이었다. 아침에 일어나 깃털이 돋아 날개로 변한 제 팔을 보며 "어, 새네." 하고 날갯짓 한 번 해본 것으로 자신의 현실을 인정했다.

비둘기든 닭이든 쥐든 말없이 지낼 수 있다면 어떤 것이든 괜찮다고 생각했다. 그래서 비둘기라는 사실을 알았을 때 차라리 잘됐다 싶은 마음으로 집을 나갔다.

어차피 자신의 집은 아파트 25층이고 육중해 보이는 비둘기의 몸으로 거길 오르내리는 건 상당히 곤욕일 것이라는 판단에서였다. 잘 날 수 있는지 확실치 않아 아무도 없는 새벽에 엘리베이터를 타고 내려갔다. 부리로 버튼을 누르고 날갯짓으로 자동문 센서를 작동시키는 일은 식은 죽 먹기였다.

부모님은 새벽같이 출근해 밤늦게 퇴근하는 워커홀릭이었다. 집에 있겠다고 해도 누구 하나 자신을 돌봐줄 사람이 없다는 건 이미 초등학생 때부터 알고 있었기에 따로 가족들에게 동물화 사실을 알리지 않았다.

나중에 텔레비전에서 아이들의 동물화 소식을 접하게 되면 지레짐작하리라 생각했다. 다만 침대 위에 새똥과 깃털 몇 개를 남겨두어 상상의 여지를 보탰다.

지훈은 하루에 한 끼도 못 먹은 채 몇 주째 이곳저곳 떠돌아다니다가 결국 집 근처 다리 밑 교각 틈새에 사는 비둘기 무리에 들어오게 되었다. 자신처럼 비둘기로 동물화가 된 아이가 있으면 몹시 귀찮겠다고 생각하며 일부러 말을 아꼈다.

다른 비둘기들이 친근함을 표시하며 다가왔지만 어차피 서로의 말을 이해할 수 없으니 그저 적당히 섞여 지내는 것으로 선을 지켰다. 사람들이 던져주는 과자를 받아먹거나 빵 부스러기를 먹으며 지내는 사이에 그 무리의 우두머리가 길고양이에게 잡혀버렸다. 며칠 후 지훈은 다른 비둘기들의 추대 속에 자의 없이 타의만으로 우두머리가 되었다. 말도 통하지 않는 자신을 교각의 상석에 올린 비둘기들의 속내를 알지 못해 답답해할 무렵 그 아이가 나타났다.

울고 악을 쓰는 아이의 말이 또렷이 들렸다.

자신이 비둘기가 된 것에 참혹해하고 분노하며 몇 날 며칠 동안 욕을 하고 소리를 지르다가 풀이 죽더니 언제 그랬냐는 듯 생기발랄해지기까지, 롤러코스터가 따로 없는 아이였다. 그러나 작은 덩치 때문에 비둘기들에게 치여 괴롭힘을 당하고 먹이를 얻어먹지 못하기 일쑤였다.

녀석이 사람인 걸 알았을 때, 자신 외에도 비둘기가 된 사람이 있다는 걸 처음 알았을 때는 절대 무리에 받아들이지 않겠다고 다짐했었다. 어떻게든 사람과 엮이지 않는 게 이로웠기 때문이다. 지훈은 사람이었을 때도 아이들과 우르르 몰려다니기보다 혼자 있는 쪽이 편했다. 내성적이어서 그렇다기보단 괜한 말들이 부풀려지고 소문이 떠도는 걸 익히 보아왔던 터라 말 자체를 좋아하지 않았다. 차라리 말이라는 게 없는 동물의 세계가 제 몸에 안성맞춤인 듯했다.

그러나 말이 필요 없는 비둘기 세계에도 평판이라는 게 존재했다. 그들 눈에도 녀석의 튀는 행동이 곱게 보이지 않는 모양이었다. 쫓아온 개를 피해 교각 위로 올라온 이후 녀석이 다른 비둘기들의 텃세에 쫓겨날 지경일 때 지훈은 자신도 모르게 녀석 앞을 막아섰다. 무리에 들어온 이후 처음 해보는 행동이었다.

그때 눈물을 글썽이던 녀석과 처음으로 눈이 마주쳤다.

그 안에 사람의 영혼이 있다는 걸 아는 지훈은 녀석의 붉은 눈을 마주하기 힘들어 외면했다. 하지만 그 이후 녀석은 틈만 나면 지훈의 주위를 맴돌며 서성였다. 가끔 녀석은 누가 볼

세라 후미진 교각으로 가 볼일을 찍 보고 총총걸음으로 무리로 돌아왔는데 그 모습이 귀여워 지훈은 자신도 모르게 픕 하고 웃음이 났다.

녀석은 자신을 찾아온 엄마와 옥신각신 다투기도 했지만 두 사람은 금방 화해하고 다시 예전의 모녀 사이로 돌아간 것처럼 보였다.

소녀라고 해야 할까, 아이라고 해야 할까. 맹랑한 그 아이의 취미는 비둘기들의 항문을 관찰하며 암수를 구별하는 일이었다.

쉴 새 없이 그 아이의 목소리가 들렸다.

"암컷, 암컷, 수컷, 암컷……. 아, 너는 좀 애매하네. 유 자가 아니고 니은 자 같이 생겼네. 웃고 있는 똥구멍이 반쪽짜리야?"

그 아이는 혼잣말 끝에 까르르 웃어대며 날갯짓했다. 그런 말을 듣고 있자니 지훈은 자신도 모르게 풍선 바람 빠지듯 피식 웃음소리가 새어 나왔다. 그 아이는 하루 대부분을 지훈의 곁에서 보냈다. 가끔 눈이 마주칠 때마다 그 아이는 속을 들여다보듯 빤히 올려다보았는데, 그 눈빛에 지훈은 심장이 한두 번 덜컹거린 게 아니었다. 혹시 자신이 사람이라는 게 들켰을까, 먼저 말을 걸어볼까 고민에 고민을 하며 볼일을 보기 위해 몸을 숙인 찰나 엉덩이 뒤에서 목소리가 들려왔다.

"역시! 웃고 있네."

주어가 생략된 말이었지만 무슨 뜻인지 짐작이 갔다. 지훈은 뭔가 보이지 말아야 할 것을 보인 듯해서 낯이 뜨거웠고 이상한 감정이 솟아올랐다. 이렇게 된 이상 사람임을 밝히는 건 절대 불가능했다.

지훈이 그러려고 한 건 아니었지만, 그 아이가 자신과 같은 중학교를 다니는 1학년 후배라는 사실과 이름이 안세희라는 것을 자연스레 알게 되었다. 세희 엄마가 수시로 다리를 찾아와서는 그 이름을 부르고 이런저런 이야기를 건넸기 때문이다. 세희 엄마는 세희의 이야기를 알아듣지 못했지만 상관없어 보였다. 그래도 엄마니까 구구구 들리는 모든 소리에 귀를 기울였다.

다만 그 모든 이야기를 다 알아듣고 있는 비둘기가 있다는 걸 두 사람이 알면 어떨까. 그랬다면 절대 미주알고주알 이야기할 수 없었을 테지.

세희는 지훈의 곁에서 무심히 이런 말을 했다.

"웃는 똥구멍, 넌 몇 살이니? 그래 봤자 한두 살이겠지. 난 열네 살인데, 내가 너보다 훨씬 누나인데 덩치로는 너한테 밀리네."

지훈은 속으로 대답했다.

'난 열여섯이고, 네 선배라고. 사람이었어도 너는 나한테 덩치로 밀려.'

"근데 난 왜 하필 비둘기가 된 걸까? 다른 애들은 사자도 되고 곰도 되고, 2학년 키 큰 선배는 기린이 되었다던데. 왜 난 과자 부스러기나 쪼아 먹는 비둘기가 되었느냐 말이야. 내가 비듬 떨어지는 애네랑 뭘 닮았는데!"

다른 비둘기에 비해 작은 세희의 덩치를 보면 원래의 세희 역시 작고 귀여운 소녀였으리라 짐작되었다. 기린보다 비둘기가 더 너답지 않나. 지훈은 그런 생각을 마음속으로 삼켰다.

어느 순간부터 세희는 지훈을 유자라 불렀다.

"유자, 너 그거 알아?"

아느냐고 물어놓고 한참 동안 말이 없더니 갑자기 키득거렸다.

"너 있잖아. 너는, 좀, 예뻐."

굳이 어디가 예쁘다는 건지 말하지 않아서 지훈은 다행이라고 생각했다.

"비둘기가 되고 보니 애네들 사이에서도 따돌림이 있더라고. 난 '비둘기따'인 거지. 사람이나 동물이나 무리 짓는 것들은 힘없는 애들 차별하는 게 본능인가 봐. 학교에서는 별생각이 없었는데 막상 내가 당하니까 비참하네. 날아가다가 내 의지랑 상관없이 똥을 찍 싸게 되는 것보다 더 부끄럽고 속상해."

지훈은 세희의 속상함을 이해했다. 자신 역시 덩치가 크지 않았다면 무리에서 한참은 열세로 몰렸을 테고 우두머리는커녕 일원으로 받아들여지지도 못했으리라 짐작했다.

세희는 어떤 면에서는 지훈의 상상을 초월하는 낯 뜨거운 이야기를 해댔다. 원색적인 이야기에 맞아 치명적인 내상을 입는 것은 늘 지훈뿐이었다.

"얘들은 막 있지, 내가 눈앞에 있는데도 막 짝짓기하고 그래. 난 열네 살 미성년자라고. 넌 대장이잖아. 비둘기 많은 데서는 다 금지시키라고!"

그 말은 좀 멋쩍었는데 한편으로는 웃음도 났다. 발칙하고 당돌하고 제멋대로지만 보고 있자면 이상하게 자꾸만 눈이 갔다. 그러다 결정적인 말을 뱉기도 했다.

"……근데 유자, 너 말이야. 혹시 너도 짝짓기해 봤어?"

지훈은 그 말을 듣고서 이제껏 참아왔던 사람 말을 뱉을 뻔했다. 지훈은 날개를 크게 펴고 몸을 부풀려 항변한 뒤 그 날개로 세희의 머리통을 치고 갔다.

무리에는 늘 새로운 비둘기들이 드나들었다. 새로 들어온 비둘기는 예외 없이 혹은 제 본능대로 무리에서 가장 힘없고 덩치가 작은 세희를 구박해 댔다. 그게 자연의 순리라면 순리 겠지만, 지훈은 자신이 우두머리로 있는 이상 그 누구도 무리 안에서 따돌림당하지 않도록 보살폈다.

지훈은 무리에서 밀려나는 세희를 티 나게 챙겼다. 다른 비둘기들이 괴롭히지 않도록 교각 안쪽 자리를 내어주었고, 좀고 있을 때 몰래 먹이를 가져다주기도 했다. 무엇보다 길고양이나 목줄 풀린 개에게 습격당하지 않게 항상 곁을 지켰다.

지훈이 늘 고민하는 것은 언제 뒤바뀔지 모르는 일인자의 자리와 세희였다. 한 가지 다행인 점은 고민이 많은 지훈과 달리 천둥벌거숭이 같은 세희는 비둘기들 사이를 이리저리 오가며 "수컷은 유 자 똥구멍, 암컷은 엔 자 똥구멍" 노래를 부르며 천진난만하게 지내고 있다는 점이었다. 비둘기들도 이제 포기한 듯 세희를 괴롭히지 않고 무리 안에 두었다.

한여름 더위가 절정으로 치달은 어느 날, 지훈은 조만간 자신이 사람으로 돌아갈 것이라는 걸 어렴풋이 느낄 수 있었다. 외적인 변화는 딱히 없었지만 조금씩 심적인 변화가 생겼다.

혼자 벽을 쌓고 살았던 과거와 달리 이제는 다른 사람들과 이야기하는 것도 괜찮겠다고, 늘 잠가두던 방문을 열고 교복을 입고 학교에 가는 것도 괜찮겠다고 생각했다. 또 자신 때문에 고생한 부모님의 마음을 헤아린 순간, 지훈은 동물화가 곧 끝날 것이라는 걸 알았다. 지훈이 한창 생각에 잠겨 있는 동안 주변을 맴돌던 세희는 불현듯 지훈의 등에 콕 하고 도장을 새겼다.

얼마 전부터 세희는 저녁에 집으로 돌아갔다가 아침이면 다시 교각으로 나왔는데, 오갈 때마다 지훈의 등에 콕 하고 부리를 찍어댔다. 그날도 세희는 퇴근 도장을 찍으며 말했다.

"나 잘 다녀올게. 내일 봐."

그것은 마치 강렬한 작별 인사처럼 지훈의 가슴을 쿵 울렸다. 마지막일 것 같다는 이상한 예감이 드는 것은 자신이 사람이 아닌 동물이기 때문인가. 지훈은 세희의 모습이 시야에서 완전히 사라질 때까지 바라보며 눈에 그 모습을 담았다.

다음 날 새벽, 세희가 돌아오기 전에 지훈은 구구거리는 소리에 잠에서 깼다.

눈을 떠보니 교각 아래 아스팔트 땅바닥에 동물화되던 날 입었던 얇은 실내복 차림으로 누워 있었다. 떨어지며 긁힌 상처에서 피 몇방울이 맺힌 게 전부였다. 지훈이 딱히 오한을 느끼지 않았던 건 새벽 공기에 차가워진 몸을 비둘기들이 온몸으로 감싸 데워주어서였다. 지훈은 자신의 주변에 모인 비둘기들을 한참 동안 바라보았다. 비둘기들은 지훈이 동물화를 끝내고 사람이 되었는데도 여전히 우두머리로 여기는 듯했다.

사람으로서도 동물로서도 그 어떤 비둘기와도 말 한마디 제대로 나눠본 적 없었지만 뜨거운 마음이 울컥 솟아났다. 항상 지훈이 차지했던 교각 상석은 이제 비어 있었다.

그 옆자리를 지키고 있는 새하얀 비둘기와 눈이 마주치자 지훈은 자신도 모르게 말이 튀어나왔다.

"내 자리 잘 부탁해. 그리고……."

알 수 없는 감정들이 교차했다.

"걔도 부탁할게."

세희가 아직 돌아오지 않아 지금 이 순간을 보지 않은 게 다행이라는 생각이 들었다. 혼자 남게 되어서 힘들겠지만 그 것도 세희가 겪어야 할 시간이었다.

어쨌든 다시 사람이 된 이상 지훈은 제자리로 돌아가야 했다. 옷에 묻은 털과 흙먼지를 털어내고 지훈은 교각 위에서 자신을 보고 있는 수많은 비둘기와 눈을 마주쳤다. 그들의 붉은 눈을 바라보며 눈인사를 한 다음 터덜터덜 집으로 향했다.

현관문을 열고 들어서니 집과 가족 모두 지훈이 떠날 때 모습 그대로인 듯했다.

부모님은 아무것도 묻지 않은 채 지훈을 안아주었다. 잘 다려진 교복과 정리된 책상은 부모님이 얼마나 지훈을 애타게 기다리고 있었는지를 알려주었다.

사람으로 돌아온 지훈의 일상은 동물화되기 전보다 좀 더 부드러워지고 경쾌해졌다. 여전히 말수는 적었지만 엄마가 보내는 문자에 이모티콘 하나 정도는 보낼 정도로 발전했다.

무심했던 아들에서 여전히 무심하지만 비둘기 비듬만큼 살가워진 아들로.

학교는 다시 등교하게 된 동물화 아이들로 시끌벅적했지만 달라진 것은 없었다. 깨진 창문과 부서진 문고리가 더 많이 늘어났다는 점 외에는.

다시 일상으로 돌아온 지훈은 시간이 날 때마다 다리 밑으로 가서 비둘기들에게 먹이를 주었다. 그 틈에 비둘기로 사느라 고군분투 중인 세희의 모습도 보았다. 지켜주던 지훈이 사라지자 여기저기 쪼이고 뜯겨서 몰골이 말이 아니었다. 세희는 유자가 죽었다고 오해해 제대로 먹지도 자지도 않아 더욱 처참한 상태였다. 지훈은 다른 비둘기들에게 충분히 먹이를 준 후 구석에 숨어 있는 세희에게 다가갔다. 더 얻어먹으려 다가오는 비둘기들을 발로 저지하며 세희에게만 누룽지를 주었다.

몇 번을 도망치던 세희는 결국 지훈이 주는 먹이를 받아먹었다. 부쩍 경계심이 많아지고 주위를 신경 쓰는 모습이 지훈에게는 매우 낯설었다.

세희는 지훈의 부재만큼 자라 있었다.

생각이 많아졌고 행동거지가 신중해졌으며, 이상한 행동을 하는 지훈을 경계했다.

시간이 남으면 피시방이나 가서 게임을 하는 또래와 달리 비둘기들에게 먹이를 던져주는 괴이한 취미를 가진 중학생을 경계하는 것은 당연한 일이었다. 그럼에도 지훈은 한결같았고, 바로 그런 점 때문에 세희는 조금씩 마음을 열게 되었다.

지구를 도는 달처럼 세희는 멀어지지도 않고 가까워지지도 않은 채 지훈의 곁을 맴돌았다. 관찰하고 또 관찰하며 지훈을 살폈다. 교복 이름표에는 '유지훈'이라고 적혀 있었고 가방에 달린 또 다른 이름표에는 3학년 2반이란 것까지 새겨져 있었다. 적어도 새를 잡아다 기름에 튀겨 먹을 사이코는 아닌 듯해 세희는 지훈이 내민 손바닥 위의 누룽지도 먹었다.

어느 햇볕이 따뜻한 오후에 세희는 지훈의 운동화에 머리를 대고 쪽잠을 자며 생각했다.

'발 냄새는 고약한데 이상하게도 싫지 않은 녀석이야.'

그 꿈속에서 세희는 유자를 만났다.

깃털을 부풀려 몸집을 키운 유자는 구구구 이해할 수 없는 말을 세희에게 건넸다. 세희는 유자의 말을 알아듣지 못한 답답함 때문인지, 제 첫사랑이 수컷 비둘기라는 것 때문인지 알 수 없는 슬픔이 차올라 구구구 울음이 새어 나왔다.

가을이 시작될 무렵 세희는 생각보다 일찍 사람으로 돌아왔고 야생 생활을 청산했다. 동물화되었던 많은 아이가 학교로 돌아왔는데 세희도 반년 만에 학교로 돌아오게 되었다. 여섯 달 만에 입어본 교복은 치마의 훅도 채워지지 않았고 블라우스 역시 단추도 잠기지 않을 만큼 작았다. 운동화, 실내화, 교복, 체육복, 속옷, 무엇 하나 세희의 몸에 맞는 것이 없었다.

열네 살의 가을, 세희의 키는 엄마를 뛰어넘었다.

그러나 사람이 된 세희의 모습은 지훈의 예상대로였다.

앳된 소녀의 얼굴이었고 자신보다 키가 한참 작았으며, 소극적인 자신보다 훨씬 더 용감하게 사람들에게 다가서는 아이였다. 윤기가 흐르는 예쁜 깃털을 가졌던 비둘기 시절처럼 머릿결이 좋은 단발머리 소녀였다.

아이돌 가수를 좋아하는 것은 이해할 수 없었지만, 고백하는 남자아이를 대차게 거절하는 모습은 마음에 들었다. 수많은 사람 중에 유독 그 아이 주변에만 별이 떠오른 듯 빛이 났다. 이상하리만치 반짝반짝.

세희도 이따금 다리 밑을 찾았다.

유자의 피와 깃털이 떨어져 있었던 자리를 찾아가서 한참을 바라보며 주위를 배회하다가 집으로 돌아오는 게 일상이었다. 교각 위를 올려다보니 그새 또 우두머리가 바뀌어 있었고, 지난여름에 태어났던 새끼들은 벌써 다 자라 어른 비둘기의 태가 나고 있었다.

'내가 너희들 업어 키우다시피 했는데.'

세희는 이모가 자신에게 했던 말을 그대로 비둘기들에게 전했다. 계절이 바뀌고, 새끼들이 태어나 자라고, 자신도 조금씩 어른이 되어 가는 걸 느끼면서 무언가 허전했다.

세상에 유자가 있었다는 걸 기억하는 건 자신뿐인 듯했다.

비둘기였던 시간이 싫지 않은 이유는 오로지 너 때문이라고. 그런 말조차 고백할 수 없다는 게 아쉬웠다. 혹시나 해서 매일 다리 밑을 확인하고 돌아서며 울먹이는 걸 이제는 그만두자 생각하며 세희는 앱을 열고 교각을 찍었다. 한때 자신을 지켜주고 품어주던 곳이니 사진 한 장쯤은 남겨두고 싶은 마음이었다. 그리고 그 사진을 끝으로 유자에 대한 마음을 버리기로 했다.

'다시는 오지 말아야지. 기억에서도 지워야지.'

그렇게 다짐하며 뒤돌아서려는 순간 목줄이 풀린 개 한 마리가 꼬리를 흔들며 세희에게 달려들었다. 아직 새끼 티를 벗지 못한 푸들이었는데, 어리고 순한 강아지일지라도 개를 무서워하는 세희에게는 공포였다.

머리를 감싸 쥐고 자리에 주저앉은 세희의 앞을 누군가가 가로막았다. 개를 막아준 건 다름 아닌 3학년 선배였다. 세희는 그 사람이 자신이 비둘기였던 시절에 다리 밑에서 먹이를 주던 유지훈임을 알아봤다.

잠시지만 두 사람은 눈이 마주쳤다. 뭔가 저릿하고 덜컹하는 기분이 서로의 마음을 스쳤다. 세희는 누룽지를 주던 지훈이 혹시라도 비둘기였던 자신을 알아볼까 봐 얼른 고개를 돌리면서도 그런 생각을 하는 자신이 바보 같다고 생각했다.

지훈은 세희가 떨어뜨린 휴대전화를 줍더니 카메라에 찍힌 교각 사진을 물끄러미 바라보다 돌려주었다.

"……감사합니다."

지훈은 아무런 대꾸가 없었다.

'나 사실은 그 냄새 나는 선배 운동화에 머리 박고 졸던 비둘기였어요. 이런 말을 하면 어떻게 생각할까.'

하지만 그보다 더 먼저 하고 싶은 말이 있었다. 왜 계속 여길 찾아와 비둘기들에게 먹이를 주는지 묻고 싶었다. 열여섯 살 남학생의 취미치고는 독특하다 못해 괴상해 보이기까지 하는 행동이니까. 이제는 사람 말을 할 수 있으니 물어볼 수도 있는데 어쩐 일인지 망설여졌다.

세희는 휴대전화만 돌려준 채 말 한마디 하지 않고 돌아서는 3학년 선배의 뒷모습을 보며, 귀동냥으로 열심히 모아두었던 그의 소문을 떠올렸다. 홀연히 사라졌다가 홀연히 나타났다고. 누군가는 가출이라고 했고 누군가는 동물화였다고 추측했지만 정작 당사자는 입을 굳게 다물고 있단다.

어쩌면 이 사람도 자신처럼 동물화되었던 사람이지 않을까. 그때 생각지도 못한 이야기가 세희의 머릿속에 펼쳐졌다.

"저기 혹시……."

말을 맺지 못하고 입을 다물었다. 그러나 자신은 한때 비행 좀 하던 소녀가 아닌가. 세희는 손을 뻗어 선배의 날갯죽지를 콕 찌르며 물었다.

"콕. 혹시 이거 알아요?"

"뭐?"

놀란 표정으로 돌아보는 얼굴을 마주하고서야 세희는 부끄러운 마음이 들었다.

"아, 아니에요. 죄송해요."

콕이라니. 너무 바보 같아서 세희는 자신도 모르게 얼굴이 빨개졌다. 유자일 리도, 유자라 해도 그걸 알아볼 수도 없을 텐데 무슨 마음에서였는지. 세희는 고개를 푹 숙였다. 시선 끝에 머리를 박고 잠이 들었던 쿰쿰한 냄새가 나는 운동화가 들어왔다. 차라리 운동화에 머리를 기대고 "이랬던 비둘기 기억나요?" 하고 묻는 쪽이 더 낫지 않았을까. 세희는 그냥 그 비둘기가 자신이었다고 반쯤 고백할까 망설였다. 그때 지훈이 물었다.

"……아침 거야, 저녁 거야?"

"네?"

지훈은 씩 웃으며 세희의 대답을 기다렸다. 그 말이 무슨 뜻인지 곰곰이 생각하던 세희의 시선이 선배의 가슴께에 달린 이름표에 가닿았다.

'유지훈'이란 이름에 '훈' 자를 없애고 획 하나를 그어 '유자'로 보이게 만든 그 플라스틱 이름표를 본 순간 세희의 머릿속이 하얘졌다.

먼 하늘에서 천상의 새소리가 들려왔다. 교각 위에 줄지어 앉아 있던 비둘기들은 마주한 두 사람을 향해 구구구 환호성을 높였다.

반인반수들의
교실

'하이에나는 뒷다리가 더 짧다던데.'

한밤중에 화장실 거울로 제 모습을 확인한 상욱은 몸 구석구석을 훑어보았다. 예상과 달리 발가락이 네 개란 사실을 제외하면 하이에나가 된 게 썩 나쁘지 않다고 생각했다. 뾰족하게 솟은 갈기와 누런 털도, 유독 커다란 입과 뼈까지 부숴 버릴 듯한 이빨도 나름 봐줄 만하다 여겼다.

'밀림의 왕'인 사자는 살점만 취하지만 '초원의 청소부'인 하이에나는 사자가 남긴 모든 것을 먹어 치운다. 수지 타산을 따지자면 전력 질주로 먹잇감을 사냥하는 사자보다 그들이 먹고 남은 걸 취하는 하이에나가 더 이익이다. 게다가 지금 학교에는 하이에나인 상욱이 눈치를 봐야 할 사자가 없었다.

학교에서 가장 먼저 동물화된 녀석은 200킬로그램이 넘는 갈색곰이 되었다던데, 소문에는 녀석이 서커스 곰 수준으로 온순하다나. 수십 가지 동물 중 선택지가 주어졌더라도 상욱은 하이에나를 택했을 것이다. 그래야 아이들이 자신을 두려워할 테니까.

어쩌면 하늘이 준 기회일지도.

상욱은 지금이야말로 아이들의 돈을 뜯어낼 수 있는 최적의 조건이라 생각했다. 그동안은 무심히 걸린 한두 놈의 주머니를 털었지만 이제 다른 아이들도 자신을 두려워하며 알아서 돈을 바칠 것이다.

말이 된 아이가 경주로 돈을 번들 가만히 앉아 상납받는 자신만큼 '꿀' 자리일까. 상욱은 이럴 때 머리가 팽팽 돌아가는 제 자신이 똑똑하다고 생각했다.

하지만 문제는 일진 최적의 몸으로 변했다는 게 알려지는 순간 동물원행이라는 점이다. 동물화된 아이들은 신고되는 즉시 강제 구금된다는 사실을 알고 있었기에 상욱은 하이에나가 된 날 새벽에 바로 집을 뛰쳐나왔다. 그 누구도 상욱이 하이에나로 변했다는 사실을 알지 못할 것이다. 학교와 집에서는 상욱이 또 가출해서 종적을 감췄다고 여길 테고, 동물화된 걸 알게 되어도 굳이 나서서 찾지는 않을 터였다.

집을 떠나 가까운 산으로 올라간 상욱은 생각보다 많은 이들이 산을 오르내린다는 것을 알게 되었다. 등산객은 둘째치고 약초를 캐는 약초꾼과 작은 절을 드나드는 사람들까지, 예상했던 것보다 사람들이 많아서 신경 쓰였다.

배고픔을 해결하기 위해 새벽마다 절의 부엌에 들어가 음식을 훔쳐 먹었다. 고기가 없다는 점을 제외하고는 절의 음식은 늘 풍족해서 뭔가가 조금 비었어도 신경 쓰는 이가 없었다. 음식이 해결되었다고 해도 산 생활이 마냥 편하지만은 않았다. 들개 무리를 마주쳐 공격받기도 했고, 멧돼지에게 받혀 몇 날 며칠을 고생하기도 했다.

하나 희한한 것은 시간이 지날수록 사람의 음식이 더는 당기지 않는다는 점이었다. 오히려 숲속에서 발견한 죽은 고라니나 새를 뜯어 먹는 쪽이 훨씬 구미가 당겼다. 죽은 동물들은 멀리서도 향내를 풍겼다. 처음에는 썩어가는 살점이 보기 흉하다고 생각했지만 그 향에 이끌려 고기 맛을 본 뒤로는 그런 생각이 사라졌다. 상욱은 하이에나야말로 동물화 피라미드의 가장 위에 군림하는 존재라는 생각이 들었다.

그래서 기도했다. 더 많은 아이가 동물화되지 않길, 자신과 같은 하이에나가 더는 나타나지 않아 자기가 일인자가 되길 빌었다. 얼른 동물화 구금령이 풀려 학교로 돌아갈 날만을 기다리던 상욱은 어느 날 숲길 한가운데서 인근 사찰의 늙은 주지 스님을 맞닥뜨렸다. 상욱은 그저 피해 지나갈 생각이었다.

"너구나, 부엌에 들어와 음식을 훔쳐 먹었던 녀석이."

누군가가 자신을 훈계하거나 혼내는 것을 질색하는 상욱은 스님에게 겁을 줄 요량으로 어슬렁어슬렁 다가섰다. 그런데 스님은 겁을 먹기는커녕 큰 소리로 호통쳤다.

"이놈아, 너 그 몸에 오래 있다간 영영 못 돌아온다. 썩 거기서 나와."

상욱은 제 정체를 한눈에 알아보는 스님에게 깜짝 놀랐지만 천천히 다시 생각해 봤다. 대한민국에 숲속을 돌아다니는 하이에나가 몇이나 되겠어. 때려 짐작해서 동물화된 아이겠거니 생각했겠지.

상욱이 날카로운 송곳니를 드러내며 위협적으로 다가서는데도 스님은 눈 하나 깜짝하지 않으며 다시 말했다.

"생명을 죽이고 썩은 고기를 계속 먹어대다간 다신 사람으로 돌아오지 못한다. 부엌에 네 음식을 따로 차려둘 테니 먹고 가거라."

그 말을 마치고 스님은 사라졌다.

그러나 상욱의 원대한 계획은 이제 시작이었다. 상욱은 농막 근처에서 잠을 자다가 흘러나오는 라디오 소리를 통해 아이들의 동물화가 안정적인 단계에 접어들었으며, 동물화된 아이들이 다시 학교로 돌아간다는 소식을 접했다. 대체로 사슴, 기린, 원숭이로 변했다는데 그들 중에 하이에나인 자신만큼 위협적인 동물은 없어 보였다. 초식동물들로 가득한 우리의 문이 활짝 열렸는데 숲속 절간에서 풀때기나 먹고살 수는 없지 않은가.

상욱은 거리낌 없이 학교로 향했다.

교무실은 동물화된 아이들의 등교로 흡사 동물원을 방불케 했다. 제 아이를 데려온 부모님들과 그들을 상담하느라 정신이 없는 선생님들 사이에서 상욱은 자신에게 딱 필요한 사람을 발견했다.

상욱은 조심스레 그를 따라갔다. 교무실을 나가 화장실 쪽으로 걸어가자 그의 뒤를 쫓았다. 갑작스러운 하이에나의 등장에 아이들은 혼비백산하며 빠져나갔다. 화장실 안에는 하이에나가 된 상욱과 겁을 먹은 그, 태주만이 남았다.

상욱이 머리로 살짝 호주머니를 치자 태주는 담배를 꺼내 내밀었다. 상욱은 담배를 밀쳐내고는 하이에나의 이빨로 무엇이든 으스러뜨릴 수 있다는 걸 보여주기 위해 양변기 칸의 자물쇠를 물어뜯어 박살을 냈다.

그 모습에 태주는 제대로 겁을 집어먹었다.

"너, 너, 길상욱이지?"

하이에나는 큰 자신의 머리를 천천히 끄덕였다. 태주는 터질 듯한 가슴을 진정시키며 말했다.

"나한테 원하는 게 뭐야?"

하이에나의 코가 다른 호주머니의 냄새를 맡자 태주는 주머니 속 돈을 꺼냈다.

'역시 똑똑한 놈이야. 눈치 하나는 빨라서 수족으로 부리는 데 이만한 녀석이 없지.'

상욱은 날카로운 이빨이 드러나도록 입을 크게 벌리며 웃었다. 태주는 상욱이 만족스러워한다는 걸 알아차렸다.

"도, 돈이 필요한 거야?"

상욱이 살짝 고개를 끄덕이자 태주가 돈을 내밀었다. 그러나 상욱은 다시 날카로운 이빨을 드러내며 으르렁거렸다.

"아, 알았어. 가방에 더 있어."

'역시 말을 잘 알아듣는 놈이라니까.'

태주는 모르겠지만 구린내를 맡는 데 하이에나의 코만큼 강력한 무기는 없다. 돈이란 사람들이 지닌 물건 중 가장 많은 손을 거쳐 특유의 냄새를 풍기는 물건이니, 제아무리 잘 숨긴다 해도 하이에나의 코앞에서는 소용없었다.

또 한 번 움찔한 상욱의 코가 좌변기 칸에 몰래 숨어 이 모든 이야기를 듣고 있는 다른 사람의 체취를 맡았다. 상욱은 마지막 칸의 자물쇠를 부수고 그 안에 숨어 있던 남자아이를 끌어냈다. 바닥에 내동댕이쳐진 아이는 두려움에 벌벌 떨며 태주와 하이에나를 바라봤다. 눈치 빠른 태주가 아이를 다그쳤다.

"얘기 들었지? 돈 가진 거 있으면 내놔."

아이가 호주머니를 뒤져 만 원짜리 한 장을 꺼내자 하이에 나는 살짝 흡족한 표정을 지었다. 영악한 태주는 상욱이 제게 원하는 것이 무엇인지 알아차렸다. 사람 말을 할 수 없는 상욱의 입이 되어주고 움직이는 금고가 되어주면 된다.

다른 학교에는 사자나 호랑이가 된 아이도 있었지만 어쨌거나 지금 이 학교에서 가장 위협적인 존재는 하이에나인 상욱이다. 곰도 있다지만 그 아이는 아직 학교로 돌아오지 않았다. 곰과 서열을 가린다 하더라도 당분간은 하이에나인 상욱이 피라미드의 꼭대기를 차지할 것이다.

어차피 선생님들도 동물화된 아이를 통제할 수 없었고, 동물화된 아이가 일으키는 문제를 막을 수도 없었다. 태주는 상욱에게 목줄만 잘 채운다면 이 학교 전체를 자신의 손아귀에 넣을 수 있겠다는 생각이 들었다.

얼마 지나지 않아 상욱과 태주는 아이들 사이에서 모르는 사람이 없을 정도로 유명 인사가 되었다. 둘은 죽이 잘 맞는 콤비가 되어 아이들의 돈을 갈취했다. 가방과 호주머니를 뒤져 찾아낸 돈은 태주가 들고 다니는 일수 가방으로 들어갔고 수첩에 기록되었다.

선생님들은 몇 번이나 태주를 따로 불러 주의를 주고 태주 부모님에게도 연락했지만 상황은 달라지지 않았다. 교무실에 불려와서도 실실 웃음을 흘리며 딴청을 피우는 태주의 머릿속은 누가 봐도 뻔히 들여다보였다.

'선생님도 하이에나한테 뜯기고 싶지 않으면 이쯤 하시죠.'

이 사태에 화가 난 교무부장 선생님은 태주를 부른 뒤 눈앞에서 부모님에게 전화를 걸었다. 그 모습을 보고 태주는 능청스럽게 말했다.

"상욱이는 저랑 약속했어요. 절대 선생님들은 건들지 않겠다고요. 근데 제가 없으면 선생님들도 더는 안전하지 않으실 텐데요."

교무부장 선생님은 학생이 선생을 상대로 하는 협박을 그대로 참고 있을 사람이 아니었다. 반성문 종이를 내밀며 눈앞에서 다시 부모님을 호출했다. 학교로 불려온 태주 엄마는 연신 사과하며 선처를 바랐지만, 이 일로 태주는 2주간 정학 처분을 받았다. 그리고 며칠 뒤 교무부장 선생님의 사고 소식이 전해졌다.

교무부장 선생님이 차를 타고 퇴근하다가 학교 근처 사거리에서 사고가 나는 바람에 한동안 입원하게 되었다는 이야기였다. 사고의 원인은 주행 중이던 차의 뒷바퀴에 갑자기 난 펑크 때문이었는데, 나중에 살펴보니 뒷바퀴에 동물의 이빨 자국이 있었다는 소문이 삽시간에 전교생에게 알려졌다. 다들 쉬쉬했지만 이 일에 하이에나가 된 상욱이 개입했다는 사실을 모르는 사람은 없었다.

바로 그때 가장 먼저 동물화된 곰 태웅이 학교로 돌아왔다.

태웅이 학교로 돌아온 건 반년 만이었다. 태웅은 한결 커진 덩치 때문에 교실이 좁게 느껴졌다.

동물화된 아이들의 등교가 허가되자 농막과 베란다에 숨어 있던 아이들이 다시 학교로 돌아오기 시작했다. 비록 털로 뒤 덮인 동물일지라도 그들은 엄연한 학생이었으므로, 교육부는 교 복은 못 입더라도 이름표를 부착하도록 지시했다.

태웅은 엄마의 뒤를 따라 어슬렁어슬렁 교문 안으로 들어 왔다. 그렇게나 싫다고 했음에도 엄마는 기어이 태웅의 등판 에 마라톤 번호표와 같은 이름표를 달아주었다.

2학년 2반, 한태웅

아직 염색물이 빠지지 않은 등판을 충분히 덮어주었기에 태웅은 울며 겨자 먹는 심정으로 이름표를 달았다. 태웅이 선 생님과 함께 교실로 들어오자 아이들의 환호성과 비명이 터져 나왔다. 누군가는 휘파람을 불었고 누군가는 소스라치게 놀라 며 의자 위로 올라섰다.

'살아 있는 곰을 봤으면 죽은 척해야 하는 것 아닌가.'

선생님은 태웅에게 슬며시 눈치를 주며 손짓했다. 태웅은 뒷발로 쭈그려 앉아 앞발을 들어 인사를 건넸다. 사실 사람으 로서나 곰으로서나 굉장히 불편한 자세였다. 똥을 싸듯 쭈그리고 앉아 양손을 가슴 앞으로 모으는 말라아사나라는 요가 자세와 비슷했다. 누나가 텔레비전을 볼 때마다 이 동작을 하고 있어 영웅이 거실에서 똥을 싼다고 놀리다 누나에게 뒷발 차기를 당하기 일쑤였는데 이제는 내가 그러고 있는 건가.

그럼에도 보는 이들의 마음이 편하다는 선생님들의 의견에 따라 태웅은 수업 시간에 흐트러짐 없이 이 자세를 보여야 했다.

'제장. 말라아사나!'

선생님 곁에서 태웅은 착한 강아지처럼 앉아 친구들을 바라봤다.

"겉모습은 곰이지만 속은 사람 그대로니까 여러분은 평소처럼 태웅이를 대하도록 해. 괜히 괴롭히거나 엉뚱한 짓 하지 말고. 자, 태웅아. 자리로 들어가자."

그게 문제였다. 아이들의 책상 사이로 난 좁은 길을 200킬로그램의 덩치가 지나갈 수 없다는 게.

선생님은 옅은 한숨을 내쉬며 복도를 가리켰다.

"복도로 나갔다가 뒷문으로 다시 들어와. 준혁이는 뒷문 열어주고."

태웅의 자리는 말끔히 치워져 있었다. 책상은 그대로지만 의자 대신 태웅이 앉을 조그만 모포가 깔려 있었다. 다시 등교하면서 반쯤은 사람으로 돌아왔다는 엄마의 말과는 달리 태웅의 삶은 여전히 겉돌았다.

곰의 손은 교과서를 넘기면서 책장을 찢어먹기 일쑤였고, 움직이는 족족 무언가를 떨어뜨리고 부수기 십상이었다. 짓궂은 아이들이 쉬는 시간마다 다가와 태웅의 털을 잡아당기고 등에 올라타기도 했다.

쉬는 시간마다 SNS에 올릴 사진을 찍기 위해 아이들이 몰려와 교실이 미어터지다 못해 복도까지 길게 줄을 섰다. 같은 반 아이들은 도우미를 자처해 다른 아이들의 사진을 찍어주었다. 서커스 곰이 따로 없을 지경이었다.

"우리 학교에 곰은 처음인 거지?"

"여우나 사슴 이런 애들만 잔뜩이었지 뭐."

"근데 곰이 개보다 세지 않냐?"

태웅은 아이들이 하는 말을 이해하지 못했다. 그저 존재감 없던 자신을 아이들이 격하게 반긴다고 생각했다. 자신을 놀이공원에서 곰 탈을 쓴 아르바이트생처럼 친근하게 대하는구나 하고 생각할 뿐이었다.

태웅은 거의 마지막으로 온지라 잘 몰랐지만 동물화된 아이들이 돌아온 뒤로 학교는 난장판으로 변해버린 상태였다.

교무회의에서 선생님들은 여기가 학교인지 동물원인지 모르겠다며 한숨을 쉬었다. 심지어 한 선생님은 하이에나에게 받혀 허리를 다친 후 휴직계를 제출했다. 아이들은 돌아왔는데 선생님들이 하나둘 학교를 떠나게 되는 이상한 일이 벌어졌다.

동물화된 아이들 모두는 제각각이었다.

나무늘보로 변한 건우는 하루에 열여덟 시간씩 잠을 잤으며 일어나는 건 화장실에 갈 때뿐이었다. 나뭇잎 세 장만 먹어도 생존이 가능할 정도로 신진대사를 극도로 낮추어서 에너지가 소모되는 꿈조차 꾸지 않는단다.

짝이 나무늘보의 입에 비스킷 하나를 물려주었는데 1교시에 물려준 비스킷을 4교시가 끝날 때까지 오물거리고 있었다고도 했다. 손이 발달한 동물로 변한 아이들은 직접 키보드를 쳐서 자기 의사를 표현했는데 나무늘보인 건우는 이런 말을 했다.

"사실, 나 사람으로 돌아가고 싶지 않아. 지금이 더 좋아."

사람이었을 때 행동이 굼떴던 건우는 원래 느린 게 당연하다고 이해받는 지금의 나무늘보가 더 행복하다고 했다. 수학 교과서 한 장을 넘기는 데 일 분이나 걸리는 건우를 위해 짝은 자신의 교과서와 함께 건우의 교과서를 넘겨주었다. 급식실에서는 건우의 손이 햄버거로 향하고 있는 도중에 짝이 햄버거를 포크로 찍어서 입 안에 넣어주었다. 과학실이나 미술실로 갈 때는 늘 누군가의 등에 매달려 이동했다. '느림'을 이해받는 게 행복하다는 건우는 사람보다 나무늘보의 삶이 더 좋을 수밖에 없었다.

　2학년 중에 가장 키가 작았던 서우가 기린이 되었다는 소식도 들렸다. 그러나 소문만 무성했고 기린이 된 서우는 학교 어디에서도 찾아볼 수 없었다.

　어쨌든 웬만한 것이 일상으로 돌아왔다는 생각에 태웅은 안심하고 있었지만 시간이 지나자 교실의 분위기가 좀 묘하다는 느낌을 받았다. 쉬는 시간이면 아이들이 몰려와 태웅의 동태를 살폈다.

　"아직 배틀은 없었지?"

　"응, 아직. 오늘은 첫날이니까."

　아이들은 연신 복도를 살피며 태웅을 흘낏거렸다.

　"넌 누가 이길 것 같냐?"

　"그야 곰이지. 쟤 저래 보여도 200킬로는 너끈히 넘어. 아무리 하이에나라 해도 덩치에서 밀리지."

　"아, 그냥 먼저 찾아가서 한판 붙어버리지. 그 새끼 날뛰는 꼴 더는 못 봐주겠다."

　마치 폭풍전야의 고요함처럼 교실은 무언가를 기다리는 아이들의 기대 속에 조용히 가라앉아 있었다.

　그리고 아이들의 염원은 곧 현실이 되었다. 점심 시간이 끝날 무렵 태웅의 교실로 찾아온 것은 상욱의 수족 태주였다.

　"야, 곰! 상욱이가 너 좀 보잔다."

태웅은 큰 눈을 끔뻑거리며 태주를 보았다. 그리고 거절의 의사로 고개를 좌우로 흔들었다.

"이따 수업 마치고 체육관 뒤쪽으로 오라고. 너희도 다 들 었지? 난 말 전했다."

태주는 피식 비웃음을 날리고 돌아서며 생각했다.

'이 녀석 쪽에 승산이 있으면 붙어볼까 했는데 그냥 덩치만 산만 한 겁쟁이잖아. 길상욱 지갑이 쪼그라들 일은 없겠네.'

태웅은 일방적으로 맺어진 약속을 지켜야 하나 혼자 고민 에 빠졌다. 그러나 태웅에게는 중요한 오후 일정이 있었다. 하 이에나가 무섭다고 한들 머리털을 쥐어뜯는 누나만큼 무서울 까. 오늘은 엄마 생신이라 다 함께 모여 준비한 선물을 드리고 저녁을 먹기로 한 날이었다.

하지만 태웅은 세 시간이 채 지나기도 전에 자신의 선택을 후회했다.

'차라리 길상욱이 부르는 데 나가서 몇 대 맞을걸.'

등에 올라타는 짓궂은 사촌들을 떼어내고 베란다에 들어 가자마자 태웅은 대자로 뻗어 누웠다. 곰이 된 아이들이 좀 더 많아지기를 그렇게 기도했는데도 일대에서 곰은 태웅 하나뿐 이라 어딜 가나 이목이 쏠렸다. 태웅은 두 손을 모아 다시 기 도했다.

'더도 말고 덜도 말고 딱 곰 한 마리만 더 보내주세요. 사람으

로 돌려달라는 기도는 이제 안 할 테니까 곰 한 마리만이라도 보내줘요.'

태웅은 우우웅 울음소리를 내며 하늘을 올려다보았다.

엄마의 생일상을 도와주러 집으로 온 작은 이모가 그 모습을 보더니 혀를 끌끌 차기 시작했다.

"언니, 베란다 확장 안 하길 잘했다! 우리 밍키 저 덩치에도 집 안에 날리는 털이 감당 안 되는데 곰은 말해 뭐해. 사람 있는 동안은 나오지 말라고 해."

그 말은 태웅의 여린 마음속 어딘가를 예리한 칼로 도려냈다. 평생 이 베란다에 갇혀 살아야 할지도 모른다는 두려움이 들었다. 이모 말에는 태웅은 사람이 아니라는 속내가 담겨 있었다.

태웅은 엄마가 베란다에 넣어준 밥그릇에 고개를 박고 우적우적 튀밥을 먹어댔다. 영양가는 없으나 별다른 해가 없기로는 이 튀밥이나 자신이나 매한가지라고 이모에게 항변하고 싶었다. 세상에 어느 곰이 이런 튀밥을 먹으며 행복한 표정을 짓겠냐고. 그러나 이모는 태웅이 튀밥을 먹는 모습을 보고 못볼 것을 본 양 혀를 끌끌 차며 말했다.

"쌀 100킬로를 튀겨줘도 모자라지 싶네. 근데 쟤는 원래도 좀 곰 같았잖아. 말 들어보니 여기저기 다들 조금씩은 제 속성대로 변했다더라. 태웅이가 괜히 곰이 되었겠어?"

이모는 깎던 당근 한쪽을 베어 물며 흘낏 태웅을 보다가 또 끌끌 혀를 찼다. 말하다 먹고 씹다가 혀를 차고, 입이 할 수 있는 일은 참 많구나.

"남의 말이라고 함부로 하지 마. 그래서 우리 태웅이가 곰이 된 게 당연하다고?"

"언니는 뭘 그렇게 예민하게 받아들여. 사춘기 때 동물화되는 게 한둘이 아니라는 말이잖아."

"그래, 아직 서진이, 서연이는 어리다는 거지? 걔들 커서 딱 내 심정 되면 그 말 그대로 해줄게. 여기저기 다들 조금씩은 제 속성대로 변했다고. 사춘기 아이들이 동물화되는 건 당연한 거야."

이모는 귀엽고 예쁘기만 한 제 아이들이 맹수가 될 리 없다는 듯 콧방귀를 뀌었다. 이번에는 엄마가 혀를 끌끌 차며 이모에게 타이르듯 말했다.

"모범생인 우리 지연이도 사춘기 때 내 카드 훔쳐서 전남 보성까지 가출했었어. 네 자식 다 안다고 생각하지 마."

"지연이랑 태웅이가 같아? 사실, 아닌 말로 태웅이는……."

이모는 엄마의 서슬 퍼런 눈빛에 입을 닫았다. 영웅은 이모가 데려온 강아지 밍키를 사촌 동생들의 품에서 빼앗아 베란다로 데려왔다.

"자, 가서 곰 형한테 인사해 보자."

제 가족의 품 안에서 왕왕 짖던 밍키는 태웅을 보자마자 발작하듯 놀라며 방바닥에 오줌을 지렸다. 영웅은 도망치려는 밍키를 꽉 붙잡아 태웅의 코앞에 들이밀며 말했다.

"오, 얘 봐봐! 진짜 곰인 줄 아나 본데."

태웅은 베란다 안쪽 화단으로 가 보이지 않는 곳에 엉덩이를 붙이고 누웠다. 영웅은 발버둥을 치는 밍키를 그곳까지 데리고 와 태웅의 입 앞에 내밀며 놀렸다.

"형! 밍키 입에 넣었다가 뱉어봐. 얘 기절하는지 안 하는지 보자."

"얘, 영웅아! 그러지 마! 우리 밍키 데리고 와!"

"이모가 와서 데려가세요."

아무렇지 않게 혀를 차던 조금 전과 달리 이모는 무척 조심스럽게 다가와 밍키의 목줄을 잡았다. 태웅은 자세가 불편해 몸을 일으켜 뒤돌아 앉았는데 그 모습에 놀란 이모는 엉덩방아를 찧으며 거실 안으로 뛰어 들어갔다.

주인마저 도망가자 오도 가도 못하게 된 밍키는 뒷다리 사이로 꼬리를 감추고 오돌오돌 떨었다.

그런 소소한 일들을 제외하면 곰이 된 태웅의 삶은 예전과 크게 달라지지 않았다. 여전히 많은 식비가 들었고 여전히 많은 시간 동안 잠을 잤다. 행동은 굼떴으며 건드리지 않은 이상

온순했다.

하지만 화장실 사용은 전과 달리 아주 불편했다. 어쨌거나 태웅의 몸은 동물이었기에 먹고 싸는 생리적 현상만큼은 여느 곰과 다를 바가 없었다. 그 바람에 여러 번 변기가 막혔다. 사람이었을 때처럼 하루 삼시 세끼에 간식 조금 먹었을 뿐인데 변기가 막히다니 태웅으로선 억울한 노릇이었다.

결국 엄마는 특단의 조치를 내렸다. 베란다에 태웅이 쓸 특대 스테인리스 통을 가져다 두고, 그곳에 볼일을 보면 일반쓰레기로 처리하기로 한 것이다. 누나는 스테인리스 통을 보며 한마디를 툭 던졌다.

"엄마, 이제 저 통에 김치 담을 생각하지 마."

"김치도 안 먹는 애가 뭔 김치 타령, 너도 변기 막은 적 한두 번이 아니잖아!"

"엄마!"

소파에 앉아 게임을 하던 영웅이 말했다.

"형이 실외 배변을 하면 되잖아."

"애더러 밖에 나가서 싸라 하라고?"

"밍키도 실외 배변 한다잖아. 똥 봉지도 제 목에 방울처럼 매고 다니고."

"그래, 큰 것만 밖에서 보게 해. 하루에 한 번 정도 밖에서 볼일 보는 건 괜찮잖아."

"오 누나, 모르는 소리! 형은 작은 것도 작은 게 아냐. 폭포수가 따로 없어."

태웅은 부끄러운 마음에 베란다 한 귀퉁이로 가서 몸을 숨겼다.

그 귀퉁이에 커다란 스테인리스 통이 있었다. 엄마는 매일 묵묵히 통에 담긴 물건을 몇 겹의 비닐봉지로 싸서 들고 나갔다. 다 큰 아들이 제 뒤처리를 갱년기 엄마에게 맡기는 건 안 그래도 깨진 자존심에 너무 큰 스크래치를 남겼다. 며칠이 지나자 태웅은 더는 모른 척 실내 배변을 할 수 없었다.

'먹는 걸 줄여 가계경제에 보탬이 될 수는 없겠지만, 뒤처리만큼은 힘들게 하지 말자!'

웬만해선 뭔가를 결심하지 않고 살던 태웅은 이번만큼은 털 주먹을 불끈 쥐고 각오를 다졌다.

사람들이 모두 잠든 새벽에 가족들 몰래 도어락 문을 열고 밖으로 나왔다. 지나가는 사람들이 태웅을 보고 오해해 경찰에 신고할 수도 있었지만 밤새 참았던 생리 현상을 더는 참을 수가 없었다.

아파트 근처 뒷산으로 가서 땅을 파고 그 안에 볼일을 본 뒤 깔끔하게 흙으로 덮었다. 혹시나 사람들을 놀라게 할까 봐 어두운 곳으로 돌아 다시 아파트 단지로 돌아왔을 때, 태웅은 이 계획의 가장 큰 오류가 뭔지를 그제야 알게 되었다.

공동 현관 비밀번호를 알고 있었지만 핸드볼공만 한 제 앞발로는 버튼을 누를 수 없다는 점을 간과했다. 발톱으로 패드를 눌렀다가 힘 조절을 잘못하면 순식간에 고장이 날 거라는 사실은 잘 쓰지 않는 제 머리로도 알 것 같았다. 유리문 사이로 비치는 전광판이 새벽 3시를 가리키고 있었다.

'새벽 배송하는 사람들을 기다렸다가 같이 들어갈까? 그랬다간 아마도 기절하겠지.'

결국 태웅은 지하 주차장으로 들어가 아빠 차를 찾았다. 차는 다행히 커다란 기둥을 끼고 주차되어 있어 태웅은 기둥 뒤에 몸을 숨길 수 있었다. 차 뒤에 옹송그리고 누워 새벽같이 출근하는 아빠를 기다리며 잠을 청했다. 꿈속에서 태웅은 제 무리에서 떨어져 혼자 꽃밭을 헤맸다.

곰 인 지
사 람 인 지

곰이 된 지 반년, 학교로 돌아온 지 보름 만에 같은 동 아파트 주민들 대부분은 태웅이 곰이 되었음을 알았다. 그 곰이 새벽이면 제 아빠와 함께 근처를 산책하며 볼일을 본다는 사실도 눈치챘고, 아침마다 이중 주차한 차들을 스크래치 하나 남기지 않고 가볍게 밀어주는 착한 아이라는 것도 깨달았다.

저 하나 올라타면 12인승 엘리베이터가 만원이 된다는 사실에 태웅은 줄곧 계단으로만 다녔다. 동물병원에 건강검진을 받으러 갈 때를 제외하면 아빠의 차 트렁크에 올라탈 일도 없었다. 엄마의 말에 따르면 태웅이 곰이 되고 해묵은 몇 가지 문제가 해결되었단다.

첫째로는 아이들이 시끄럽게 걸어 다닌다며 층간소음을 항의하던 아랫집 1902호가 한번 올라와 태웅을 본 뒤로 다시는 인터폰으로 연락하지 않는다는 점이고, 쿵쾅거리던 2102호 아이들이 공동현관 앞에서 태웅을 마주친 이후로 이사를 갔나 싶을 만큼 조용해졌다는 점이다.

분리수거하는 날이면 태웅은 경비 아저씨들과 함께 캔을 압축시키는 일을 도왔다. 태웅의 발바닥 치기 한 번에 스테인리스 보온병이 만두피처럼 납작해지는 기염을 토하자 사람들은 경악하며 자리를 떠났다.

물론 몸만 곰이고 속은 사람인 태웅에게 호기심을 가진 사람들도 있었다. 제 부모 뒤에 숨어 비비탄총을 쏘는 아이들은 그나마 귀여운 축에 속했다. 학교에서 태웅을 건드리는 사람도 동물도 아닌 아이들은 화를 크게 북돋웠다.

라이터로 털을 태우지 않나, 꼬챙이로 옆구리를 찌르지 않나.

가끔 녀석들에게 소리치고 싶었다. 나도 너희가 입에 달고 사는 것처럼 촉법소년이다. 죄를 지어도 형사처벌을 받지 않는 그 대단한 울타리에 들어 있다고. 그래서 너희를 깡통처럼 찌그러뜨려도 죄의 심판에서 벗어날 수 있다고.

참을 인 세 번이면 사람이 될까 봐 태웅은 참고 또 참았다.

교실에서 일어나는 사태를 알 길이 없는 엄마는 그저 태웅이 다시 학교를 나가고 반쯤이나마 사람의 일상으로 돌아온

데 안도했지만 누나는 달랐다. 사회생활로 사람을 많이 만나 봐서인지 사람을 많이 메쳐봐서인지 모르겠지만, 누나는 태웅이 아이들에게 겪는 시달림을 알고 있었다.

"한태웅, 참는 게 능사는 아니야. 더군다나 그 몸을 가지고 찌그러져 있으면 한참 못난 놈들이 널 공깃돌처럼 갖고 놀고 싶어 할 거야. 이왕 주어진 몸이니 비닐봉지 안에 넣어두지 말고 뜯어서 잘 쓰도록 해."

태웅은 잠시 누나를 돌아봤다. 누나는 무심하게 다시 똥을 누는 듯한 말라아사나 자세로 돌아가 진지한 얼굴로 드라마에 심취했다.

그리고 며칠 뒤 태웅은 제 몸을 봉인한 비닐봉지를 뜯어야 한다는 걸 몸소 깨달았다. 어떤 녀석이 졸고 있는 태웅의 털을 파헤쳐 생식기 쪽으로 카메라를 들이댔을 때 인내심의 한계점에 도달하고 말았다. 태웅은 포효하며 일어섰다. 그 바람에 등짝에 달라붙어 있던 나뭇잎 같은 녀석들이 우수수 떨어지면서 바닥에 나동그라졌다.

일부러 보란 듯이 커다란 앞발로 책상을 두 동강 냈다. 엄마가 용돈에서 까겠지 싶었지만 곰이 됐는데 그런들 어떠랴.

아이들이 뒷걸음치며 물러서자 태웅은 천천히 몸으로 아이들을 밀며 뒷문으로 나갔다. 그 길로 아이들을 피해 뒷산으로 올라 볼일을 보고 나무 기둥에 제 영역을 표시했다.

발톱으로 나무 기둥을 죽죽 긁어대는데 뭔가가 터져 나가는 기분이었다. 날카롭던 발톱이 갈리고 몸이 정돈되는 느낌이었다. 아빠가 술의 힘을 빌려 엄마에게 큰소리를 치는 이유를 알 것 같았다.

태웅도 곰의 힘을 빌려 소리쳤다.

"나도 있어!"

잠시 숨을 골랐다가 다시 소리쳤다.

"나도 있다고, 성격!"

한바탕 소리를 지르고 그 자세로 서서 시원하게 볼일을 보며 눈을 감았다. 폭포수가 따로 없다던 영웅의 말처럼 참 오래도록 물소리가 이어졌다. 뒤를 돌아보니 조그마한 시냇물이 흘러간 길이 보였다.

태웅은 가볍게 몸을 흔들고 털에 묻은 소변을 털면서 풀숲에서 나왔다. 그 순간 나무들 사이에 가려졌던 긴 다리가 눈에 들어왔다. 나뭇가지처럼 숨겨져 있었지만 누가 봐도 기린의 다리였다.

놀란 태웅이 발랑 자빠져 비탈을 구르자 저 아득한 하늘 위에서 허읍, 하고 웃음을 참는 소리가 들렸다. 그러더니 곧 기다란 목 하나가 나뭇가지를 뚫고 태웅의 얼굴 쪽으로 조심스레 내려왔다. 긴 속눈썹을 가진 예쁜 기린이었다.

"괜찮아?"

태웅은 너무 놀라 눈이 휘둥그레졌다.

"미안, 일부러 본 건 아니고. 사실 나뭇가지 때문에 보지는 못하고 소리만 들었어. 아, 물소리 말고 너도 성격 있다는 말."

기린의 목소리를 듣는 순간 태웅은 숨이 턱 막혔다. 기린이 자신이 소변 누는 소리를 들었다는 창피함은 사라지고 자신의 목소리를 들었다는 사실이 더 놀라웠다.

"너, 너, 어떻게 말을 해?

"너도 말하잖아. 동물화된 아이들끼리는 말이 통한다는 거 몰랐어?"

"모, 몰랐어. 다른 애들이랑 얘기 안 해봤거든."

깔깔 웃던 기린은 태웅의 옆에 난 풀잎을 뜯어 먹으며 말했다.

"우리 학교에서 제일 먼저 동물화가 된 애가 소식은 제일 깜깜하네."

"가족이랑 전혀 소통이 안 되어서 원래 그런 줄 알았지."

"가족이랑은 원래도 말이 안 통했고. 다행히 동물화된 아이들끼리는 종에 상관없이 대화가 돼. 나도 처음엔 다른 아이들 말소리랑 섞여서 구분이 안 됐어."

기린을 올려다보고 있자니 곧 목이 아파졌다. 태웅은 목을 빙빙 돌려 스트레칭하며 자세를 고쳐 앉았다.

"미안, 내가 좀 길지?"

"길다기보다 높아. 이렇게 키 큰 사람은 처음 봐."

그 말에 기린은 묘한 표정이 되었다. 그러다 말없이 가지에 붙은 나뭇잎을 오물오물 씹어먹기 시작했다.

"풀을 먹을 수 있어?"

"그렇더라고. 동물화되면 그 동물이 먹는 주식을 사람인 우리도 먹을 수 있대."

"정말? 난 원래도 아무거나 먹어서 몰랐어."

"넌 좋겠다. 곰은 잡식성이잖아. 네 성격대로 곰이 된 건지도 모르겠네."

사람이어서든 곰이 되어서든 가리지 않고 잘 먹는 게 장점이기도 하구나. 그런 칭찬을 받아본 게 처음이라 머쓱한 기분이었지만 싫지 않았다.

"난 이서우야. 네가 한태웅인 건 전교생이 다 아니까 이름은 말하지 않아도 되고."

그 말은 태웅을 조금 쑥스럽게 만들었다.

"근데 넌 언제부터 변한 거야?"

"글쎄, 날짜를 세보지 않아서. 네가 곰 농장에 갇혀서 시끄러울 때를 텔레비전에서 뉴스로 봤어. 그다음이니까 너보다는 늦겠지. 근데 매도 먼저 맞는 게 낫다고, 먼저 된 애들은 학교에서도 특별대우인데 나중에 변한 애들은 찬밥 신세야."

동물화가 매 맞는 것과 동급인가. 아무것도 잘못한 것이 없는데 매를 맞는다면 무척 속상할 듯했다. 태웅은 나쁜 생각을 머리에서 털어버리고 서우에게 말했다.

"난 정말 몰랐어. 그래서 다른 아이들은 어떤데?"

"구체적으로 뭘?"

"동물화되는 건 주로 어떤 애들인지, 다들 괜찮은지."

"뭐, 종잡을 수가 없지. 게다가 종류도 많아. 하긴 네가 제일 늦게 학교로 돌아왔으니까 그런 건 몰랐겠다. 너 곰 농장 가기 전에도 끌려가서 감금되었다며?"

태웅은 대답하지 않았지만 아이들 사이에선 이미 소문이 퍼진 모양이었다.

"처음에 변한 애들만 독박이었어. 한 달쯤 지나고 전국에서 한꺼번에 변하기 시작했으니까 그다음에는 관리가 안 된 거지. 시간이 흘러서 사람들 인식도 변하고 얌전한 동물도 많아지고."

"어떤 동물들이 있는데?"

"3학년 중에 비둘기가 됐다는 사람도 있고, 2학년 중에는 하이에나가 된 사람도 있대. 다른 학교에는 사자도 있는데 우리는 그 정도 급은 없네. 그 덕에 나 같은 초식동물도 돌아올 수 있었겠지만."

"하이에나 걔는 어떤 애야?"

"아, 걔? 걔는 워낙 사고뭉치라 안 만나는 게 좋아."

그런 아이가 자신을 보자고 불렀다는 게 썩 좋은 소식은 아닌 듯했다. 태웅은 선택권이 있다면 차라리 새가 되는 편이 좋겠다는 생각이 들었다. 작은 덩치로 훨훨 날아다니다가 때가 되면 집에 돌아오고, 스테인리스 통은커녕 날아다니면서 똥을 싸도 아무도 뭐라고 하지 않을 테니까.

그때 수업 종이 울렸다. 서둘러 내려가려는 태웅과 달리 서우는 무심히 풀잎을 뜯을 뿐이었다.

"수업 안 들어가?"

"몸이 커서 어차피 못 들어가. 대신 창문으로 고개만 넣으면 출석 인정이래. 우리 반은 2층이라 창문에 얼굴만 걸치고 있으면 되거든."

"부럽다."

교실로 목만 넣으면 되는 기린과 달리 태웅은 3층까지 꽁지 빠지게 뛰어가야 했다. 서둘러 내려가려는 찰나 서우가 태웅을 불렀다.

"저기."

"응?"

"여기 계속 올라올래?"

"볼일 보러 오라고?"

"아니, 그게 아니라."

기린이 큰 눈과 속눈썹을 깜빡이는 데에는 이유가 있었다.

서우의 시선이 산으로 올라오는 계단 입구로 향했다. 그곳에는 담배를 피우러 뒷산을 찾았다가 태웅을 보고 선뜻 다가오지 못하는 아이들이 서넛 있었다. 태웅은 서우가 자신을 붙잡은 이유를 그제야 알았다.

"틈날 때마다 가끔 올라오면 더 좋고."

좀 쑥스러운 기분이었지만 태웅은 고개를 크게 끄덕였다.

그리고 아이들이 보란 듯이 앞발을 들고 일어서 떡갈나무에 발톱 자국을 새겼다. 우렁찬 포효도 곁들이자 아이들은 혼비백산하여 계단 아래로 도망치기 시작했다. 태웅은 주위를 돌며 보이는 모든 나무에 발톱 자국을 새기기 시작했다. 이제부터 이곳은 동물화된 아이들의 영역이라는 것을 알리듯.

그날 저녁, 가족들과 거실에서 텔레비전을 시청하던 태웅은 용인에서 탈출한 곰 두 마리에 대한 뉴스를 보며 얼마 전 자신의 처지를 떠올렸다. 쓸개즙을 뽑을 목적으로 곰을 기르던 사육장의 처참한 모습이 화면에 잡히자 가족들은 경악을 금치 못했다.

태웅이 있었던 곰 농장보다 더 비좁고 불결하고 엉망인 데다 이곳저곳에 곰의 쓸개즙을 추출하는 과정에서 흩뿌려진 선혈이 낭자했다. 태웅은 자신의 뜬장 옆에 있던 다른 곰들을 떠올렸다. 빙빙빙 제자리를 돌며 이상한 소리를 중얼거리던 그들의 모습이 기억에서 사라지지 않았다. 영웅이 긴 빨대 하나를 가지고 와 태웅의 가슴팍에 꽂고 즙을 뽑아먹는 시늉을 하다가 누나의 발에 걸어차여 나가떨어졌다.

태웅은 탈출한 곰이 다시는 그 철창으로 돌아가지 않기를 기도했다. 하지만 다음 날 곰 두 마리 모두 가까운 인가 근처에서 사살되었다는 소식이 들려왔다.

기억 때문인지 동물의 본능 때문인지 태웅은 곰 농장에 함께 있었던 나머지 곰들이 떠올라 잠을 이루지 못했다.

며칠 뒤 누나는 태웅이 있었던 곰 농장 일로 경찰서에 다녀왔다. 농장 주인이 동물보호단체에 고발당했는데, 태웅이 있었던 일까지 조사받으면서 말 못하는 태웅을 대신해 참고인 조사를 받고 오는 길이었다. 누나는 돌아오자마자 영웅에게 강력한 헤드록을 걸었다.

"너는 경찰서 다녀와서 왜 애먼 애를 잡니?"

엄마가 뜯어말렸지만 누나는 꽉 조인 팔을 풀지 않았다.

"얘가 또 사고 쳤다고!"

"영웅이가 뭘?"

"우리 태웅이 데리러 갔을 때 어쩐지 잠깐 안 보인다 했더니. 너 이 새끼 곰한테!"

"일단 그거 풀고서 말해."

누나는 도망가려는 영웅을 두 다리로 감싸 쥐고 분통을 터뜨리듯 말했다.

"글쎄 거기 있는 곰들 등에 염색약으로 글자를 써놨대! 그 바람에 곰 농장에 온 손님들이 질색하면서 도망가고, 동물보호단체에 고발당하고, 농장은 폐쇄돼서 곰들이 동물원으로 간다잖아. 다 이 녀석 때문이라고!"

엄마는 한숨을 푹 쉬며 목이 잡힌 영웅에게 물었다.

"너 왜 그랬어?"

"그냥 잡아먹지 말라고 했어."

"염색약으로 잡아먹지 말라고 썼다고?"

"아이참, 그렇게 거창하게 말고 짧고 간단하게."

"너 사실대로 말 안 할래?"

누나가 목을 더 세게 조르자 영웅은 바닥을 손으로 치며 항복 의사를 표시했다. 팔이 조금 풀리자 녀석은 캑캑거리며 말했다.

"걔들이 사람이 아니래도 불쌍하잖아. 형이 풀려나는 걸 보면서 무슨 생각을 했겠어. 그래서 쓴 거야! 딱 두 글자로. 몸보신하겠다고 찾아온 사람들 정신 좀 차리라고."

"두 글자 뭐?"

"웅, 너!"

영웅의 등으로 오이 하나가 날아갔다. 그날 엄마는 오이소박이를 담기 위해 오이를 다듬던 중이었다. 오이로 등짝을 맞은 영웅은 날쌔게 집 밖으로 도망쳤고, 땅바닥에 떨어져 조각난 오이는 태웅이 말끔하게 먹어서 청소했다. 태웅은 영웅을 잡으러 나가려는 엄마를 온몸으로 막아섰다. 엄마는 태웅의 등짝을 때리며 비키라고 소리쳤지만 현관문을 배수구 뚜껑처럼 꼭 막아선 태웅을 뚫고 나갈 수는 없었다.

맞은 등짝은 간질간질했고 입 안에서 아삭거리는 오이는 다디달았다. 영웅은 신의 한 수인지, 신의 실수인지 모를 놈이지만 아주 가끔, 이런 시원한 오이 맛을 주는 녀석이었다.

하이에나 상욱이 부른 자리에 나가지 않은 후, 예상과 달리 녀석은 두 번 다시 태웅을 찾지 않았다. 바뀐 것은 아이들의 태도였다. 아이들은 이제 곰을 그저 살덩이로 대했다.

태웅이 싸움을 피하고 꼬리를 내렸다는 것으로 부풀려진 이야기는 상욱에게 유리한 방향으로 흘러갔다. 이 학교에 자신의 대항마가 없다는 게 확인된 순간부터 상욱은 진공청소기처럼 더 많은 돈을 빨아들이기 시작했다.

상욱과 태주 콤비가 돈을 더 뜯어낼수록 아이들은 태웅을 원망했다. 졸지에 갈고리발톱을 가진 200킬로그램짜리 평화주의자로 불리게 된 태웅은 못내 억울했다. 싸움을 붙이려는 아이들과 스파링 상대가 되길 바라는 상욱의 뜻대로 움직이고 싶지 않았을 뿐인데도 비겁한 겁쟁이가 되어 있었다.

그러나 사람이 없는 곳으로만 숨는 태웅과 선생님이 없는 한적한 곳에서만 돈을 뜯어내는 상욱의 영역은 겹칠 수밖에 없었다.

학교 뒷산으로 올라가려고 창고를 지나치던 태웅은 아이들 셋을 모아놓고 돈을 뜯고 있던 상욱과 맞닥뜨렸다. 태웅은 못 본 척 가던 길을 갈 생각이었다. 그러나 그 셋 중에 엄마 친구의 아들이자 동생 영웅의 친구인 모범생 1학년 정율이 끼어 있었다.

엄마 친구 아들을 모른 척했다간 두고두고 엄마가 곤란해질 것이고, 동생 친구이기도 한 정율을 보고 그냥 간다는 것은 영웅을 외면하는 것과도 같았다. 태웅은 상욱에게 다가가 말했다.

"저기……"

"뭐?"

"끝에 있는 애는 내 동생 친구야. 보내줘."

"어쭈, 네가 보내주라면 보내야 하는 거야?"

주변에 있는 태주나 1학년 아이들은 하이에나와 곰이 무슨 대화를 나누는지 알 길이 없었다. 그저 분위기상 곰이 이런 사태에 처음 개입하고 있다는 것쯤만 알 수 있었다.

"쟤만 보내달라고 하면 다른 애들이 서운해할 텐데."

"애들, 우리 얘기 못 듣잖아. 이걸 보고도 모른 척하면 내가 피곤해져서 그래.”

“3분의 1짜리 정의의 사도 나셨네. 돈 뜯는 나보다 자기 아는 애만 쏙 빼내 가는 네가 더 무서운 놈 같다.”

변명의 여지가 없는 말이었다.

태웅은 싸움에 끼어드는 것 자체가 싫었기에 이만큼 용기를 낸 것도 대단한 일이었다. 그러나 상욱조차 모처럼 옳은 말을 하지 않았나.

“그래, 네 말이 맞다. 그냥 셋 다 보내줘.”

“이게 곰이 됐다고 지가 진짜 곰인 줄 아나!”

상욱은 갑자기 태웅에게 달려들었다. 졸지에 공격당한 태웅은 오른쪽 목덜미를 물리고 바닥을 한 바퀴 굴렀으나 크게 다치지는 않았다. 상욱은 또다시 태웅을 향해 뛰어올랐다.

달려드는 상욱을 적극적으로 막아내지 않은 건 물린 목덜미가 생각보다 아프지 않아서였다. 녀석이 아이들 앞이라 무는 척만 하고 살살 봐주는 게 아닐까 하는 착각이 들 정도로 태웅은 아무렇지 않았다.

반대로 상욱은 곰의 두꺼운 목덜미에 내심 당황하고 있었다. 정육점에서 돼지 목살을 몇 근 합쳐놔도 이보다는 얇겠다 싶을 정도로 당최 이빨이 제대로 들어가지 않는 단단한 근육이었다. 하지만 아이들이 보는 앞에서 벌어진 싸움의 승자는 자신이어야 했다.

상욱은 작전을 변경해 태웅의 얼굴 쪽만을 공격했다. 물어 뜯고 할퀴며 얼굴에 상처가 나도록 비열한 수를 쓰자 줄곧 방어만 하던 태웅도 열받은 듯 상욱에게 주먹을 날렸다.

슝 하고 날아오는 게 뻔히 보이는 주먹이었는데, 한 대 맞고 정신을 차려 보니 상욱은 몇 미터나 날아가 벽에 부딪혀 떨어진 상태였다.

태웅은 앞발로 얼굴의 피를 닦으며 상욱에게 말했다.

"그만하자."

"왜? 질 것 같으니까 꼬리를 내리려나 보지?"

어이가 없었고 화도 났지만 태웅은 옜다, 관심 하며 고개를 끄덕여 주었다. 상욱은 아픈 몸을 가까스로 펴고 의기양양하게 아이들 사이를 지나갔다. 부딪힌 탓에 등허리가 끊어질 듯 아팠지만 꾹 참고 버텼다.

그 후 싸움에 대한 소문이 와전되고 와전되어 삽시간에 전교생에게 퍼졌다. 곰과 하이에나가 붙었는데 곰이 만신창이가 되어 쏠개를 털렸노라고.

태웅이 상욱에게 목덜미를 간지럽게 물려온 날, 영웅은 태웅의 몰골을 보더니 아무것도 묻지 않고 조용히 제 방으로 들어가 나오지 않았다.

엄마는 이 사건을 경찰에 신고했지만 동물화된 아이들끼리의 싸움은 아직까지 법적 제재가 어렵다는 말만을 들었다. 상욱의 가족은 치료비조차 물어줄 수 없다는 단호한 태도를 보이며 태웅의 가족을 분노케 했다. 표면적으로 피를 흘린 건 태웅이지만 사실 돈을 물어주는 걸로 치자면 태웅이 상욱을 치료해 주는 게 옳았다. 태웅은 그저 자기가 얻어맞은 것으로 끝나는 게 나을 듯해 입을 닫았다.

누나는 상욱을 고소하겠다고 날뛰었다. 태웅은 베란다로

숨었고 아빠가 누나를 말렸다.

"지연아, 흥분하지 말고 차분히 생각하자. 어쨌거나 다행히 태웅이가 크게 다치지 않았잖아. 태웅이 성격에 일을 크게 만들고 싶지도 않을 테고."

"아빠는 속상하지도 않아? 애가 피떡이 돼서 돌아왔는데 다치게 한 애 부모란 인간은 사과는커녕 나 몰라라 하고 치료비도 물어주지 않겠다잖아. 아주 그 부모에 그 아들이야."

"괜한 말 말고."

"하이에나가 됐다는 개, 얼마 전에도 자기 혼낸 선생님 차 뒷바퀴 물어뜯어서 사고 내서 죽일 뻔했다는데 그런 애를 왜 애라는 이유로 가만두어야 하냐고!"

엄마는 베란다로 와 태웅을 껴안고 울기만 했고 아빠는 고개를 푹 숙인 채 한숨만 내쉬었다.

태웅은 살짝 긁힌 얼굴은 둘째치고 부모님이 속상해하는 게 더 마음이 아팠다. 지금이라도 크게 때린 게 자기라고 말할까? 녀석이 몇 미터나 날아가 땅에 떨어졌는데도 쪽팔려서 내색하지 않고 도망친 거라고.

'아, 이제 와서 그러면 아무도 믿어주지 않을 텐데.'

상욱은 왜 자기 부모한테 맞았다는 소리를 하지 않았을까? 태주를 통해 자기가 억울하다고 말할 법도 했는데 조용히 물러선 게 더 이상했다.

뒤늦게 괜한 일에 끼어들었다는 후회가 들었다. 차라리 모른 척했더라면 이 지경까지는 오지 않았을 텐데. 제 단순한 머리로는 엄마가 곤란해질까 봐 한 일인데 오히려 엄마를 슬프게 만든 셈이 되었다.

차라리 비둘기가 되지 아무짝에도 쓸모없이 똥만 가득 싸는 이런 곰탱이가 되어서는. 영웅이 코피가 터져 와도 엄마는 늘 더 맞았을 상대 아이를 걱정했는데, 자신은 그 반대의 걱정을 안겨주는 게 속상했다. 태웅은 동생과 정반대인 느긋하고 유순한 제 성격이 처음으로 싫어졌다.

가족들의 머릿속이 제각각의 생각으로 가득 차 있을 무렵 다들 가장 중요한 걸 잊고 있었다. 이런 일에 결코 가만히 있지 않는 영웅이 조용하다는 것은 녀석이 역대급 사고를 칠 준비를 하고 있다는 신호라는 걸.

영웅은 며칠 동안 집에 붙어 있지 않았다.

어찌나 바쁜지 새벽같이 일어나 어딘가를 부지런히 다녔고, 밤 늦게까지 무언가에 열중해 잠을 잊을 정도였다. 게임 아이템을 친구들에게 헐값에 팔고 집 안에 있는 제 저금통을 탈탈 털어 뭔가를 열심히 사 모으는 모양이었는데, 태웅의 사건이 큰 충격을 준 탓에 누구 하나 영웅의 행동을 문제 삼지 않았다.

일주일 후 얼굴 상처가 잘 아물었을 즈음 태웅은 다시 학교에 나가게 되었다. 평상시라면 계단으로 내려왔겠지만 아픈 곰도 엘리베이터를 탈 권리가 있다고 우기는 영웅 때문에 함께 엘리베이터에 올랐다. 거울을 보며 상처를 들여다보고 있는데 영웅이 태웅을 불렀다.

"……형."

영웅은 논산 훈련소에라도 가는 양 비장한 목소리였다.

"하이에나는 목덜미가 두꺼워서 물어도 소용없어. 잘못 물면 긴 목을 돌려서 오히려 상대를 물 수 있대. 가죽도 두꺼워서 웬만큼 공격해 봤자 소용없어. 근데 그건 녀석들이 떼로 덤벼들 때 얘기고, 혼자 날뛰는 놈은 곰 앞발 한 번에 나가떨어지지."

갑자기 왜 그런 이야기를 하느냐고 물어보려는 순간 태웅은 영웅의 생각을 간파했다. 태웅은 제 얼굴로 영웅의 가슴팍을 툭툭 건드리며 고개를 내저었다.

"그 머리로 뭘 생각하든 하지 마, 제발!"

"하이에나의 가장 큰 약점이 뭔지 알아? 걔들은 무리일 때 강하다는 거야. 하이에나 한 놈이 사자인 척하는 건 우스운 거지."

한곳에 고정되어 움직이지 않는 살기등등한 눈빛과 굳게 다문 입매는 영웅이 대형 사고를 치기 전이면 어김없이 나타나는 전조 증상이다. 태웅은 좁은 엘리베이터 안을 맴돌며 불

안을 호소했다. 엄마의 표현을 빌리자면 영웅은 가스통을 지고 불길에 뛰어드는 놈이다. 엘리베이터가 1층에 도착하자 영웅은 또 어딘가로 사라져 버렸다. 학교에서도 영웅은 보이지 않았다.

늘 제 심정을 대변하던 입이 동생이었다는 게 문제였다. 엄마에게도 선생님에게도 이 일촉즉발의 상황을 전해야 하는데 입이 되어주던 동생이 사라져 버렸다. 태웅은 쉬는 시간마다 말을 대신 전해줄 원숭이를 찾아다녔다. 문제는 원숭이들의 통역 대기줄이 길다는 것과 급행 처리는 '따블' 법칙이 적용된다는 점이었다. 결국 태웅의 급한 전갈은 누나의 휴대전화로 전송되었고 소식을 들은 누나는 다급하게 학교로 달려오던 중이었다.

그러나 영웅이 늘 한 발 빨랐다.

태웅에게 나쁜 일은 꼭 밥을 먹기 전에 찾아왔다. 결국 일이 터진 건 4교시가 끝나고 점심을 먹기 직전이었다. 옆 반의 한 아이가 달려와 다급하게 태웅을 찾았다.

"야, 한태웅! 한태웅 어디 있어?"

급식실로 갈 준비를 하던 태웅이 자리에서 고개를 들자 그 아이가 소리쳤다.

"네 동생 사고 쳤어!"

태웅은 벌떡 자리에서 일어났다.

"한영웅이 길상욱을 올무로 잡으려고 했는데, 그게 제대로 안 걸려서 길상욱이 지금 올무 빼고 네 동생 잡는다고 길길이 날뛰고 장난 아니야!"

옆에 있던 아이들도 모두 일어섰다. 지금까지는 동물 대 동물의 싸움만 있었지 사람과 동물의 싸움은 일어나지 않았다. 만약 둘이 붙는다면 사람인 쪽이 크게 다치거나 심지어 죽을 수도 있다는 건 모두가 우려하는 바였다.

"개 진짜 사람 죽이는 거 아냐?"

"태웅이 동생 어디 있는데?"

"산으로 달아났다는데 한태웅 네가 빨리 쫓아가 봐!"

태웅은 아이들을 밀치고 전속력으로 달렸다. 귓가에 바람 소리가 윙윙 들릴 만큼 엄청나게 빠른 속도로 계단을 내려가 산으로 올랐다. 온몸의 피가 거꾸로 끓어오르며 주체할 수 없는 화가 치밀어 올랐다. 왜 자신이 맹수로 분류되었는지 그제야 이해가 되었다.

뒤늦게 소식을 접한 아이들이 축구 골대의 그물을 떼 들고 태웅을 뒤쫓아 왔다.

모든 신경을 영웅에게 집중하자 바람을 타고 영웅의 냄새가 느껴졌다. 근처 어딘가에 영웅이 있다는 걸 온몸이 말해주고 있었다. 그리고 그 곁에 상욱의 냄새도 함께 있었다.

태웅은 수풀 한가운데서 미쳐 날뛰고 있는 하이에나를 보왔다. 녀석은 큰 떡갈나무를 향해 이빨을 드러내며 점프를 해 대고 있었는데, 나무 위에 비비탄총을 든 영웅이 있었다.

태웅은 크게 포효하며 그대로 달려가 상욱을 들이받았다. 전속력으로 달려오는 곰에게 받혀 그대로 나가떨어진 하이에나는 바로 몸을 가다듬으며 일어섰다.

상욱의 충혈된 눈이 매섭게 태웅을 노려보았다.

"너부터 죽여줄까?"

"내 동생 건드리면 오늘이 네 제삿날이야!"

"까고 있네. 덩치가 아깝다 새끼야."

그사이 영웅은 계속해서 상욱에게 비비탄을 날리며 성질을 건드렸다.

"여기까지 올라와 봐. 하이에나 새끼야!"

상욱은 정말 화가 머리끝까지 난 얼굴이었다.

"죽은 고기나 먹는 새끼가 뭔 돈이 필요한데? 이런 개쓰레기 짓을 해놓고 사람으로 돌아올 생각을 하냐? 넌 그냥 영원히 그 꼴로 살아라, 쭉!"

듣는 사람이 피가 거꾸로 솟을 법한 악담을 하는 데에 영웅만 한 사람은 없다. 태웅이야 영웅에게 십여 년을 당하고 살아 인이 박혔지만 상욱의 멘털에 입혀진 피해는 상당히 오래 갈 것이다. 잊을 만하면 다시 곱씹게 만들고, 곱씹을 때마다 기분 나쁘게 만드는 것도 영웅의 특별한 재주였다.

뒤늦게 쫓아온 아이들이 태웅의 뒤를 겹겹이 둘러싸고 섰다. 태웅은 아이들을 향해 거칠게 포효하며 나서지 말라고 경고했다. 까딱 잘못하면 다른 아이까지 엮여 다칠 수 있다는 걸 알았다. 그래서 태웅은 더 이상 물러설 곳이 없었다.

상욱은 그대로 태웅에게 돌진했다. 태웅 역시 자신의 뒤를 막고 선 아이들을 지키기 위해 앞으로 달려나가 상욱을 막았다. 상욱이 입을 크게 벌리고 목덜미를 물기 위해 고개를 돌리자 태웅은 커다란 앞발로 녀석의 얼굴을 세게 내리쳤다.

어설프게 목덜미를 물었다간 되레 당할 수 있다는 걸 영웅이 알려준 덕분이었다. 태웅이 녀석의 주둥이를 쳐내며 한갓진 곳으로 모는 동안 영웅은 기회를 틈타 나무에서 내려왔다.

하지만 상욱은 바로 그 순간을 기다리고 있었다.

어차피 하이에나인 상태로 곰과 정면으로 승부를 겨룰 생각은 없었다. 원하는 것은 딱 하나!

하이에나는 살기를 번뜩이며 태웅을 뛰어넘어 영웅에게 달려갔다. 사람의 목덜미를 물어 죽이는 것은 일 초면 끝날 일이었다. 동물화 상태에서 일어난 모든 사건 사고에 대해서는 법적 제재가 없다는 것을 이미 저 곰이 증명했으니 문제될 것도 없어 보였다.

'만약 한 놈이 죽는다면 남은 애들은 더 큰 공포를 느끼고 내 앞에 바짝 엎드릴 테지. 저놈 하나 희생양으로 삼는다 한들 동물

화 상태니까 살인죄로 처벌받지도 않을 거고.'

그게 상욱이 노린 한 방이었다. 하이에나의 날카로운 이빨이 영웅의 목덜미 바로 앞까지 다가온 순간, 어디선가 나타난 커다란 발이 하이에나의 몸통을 걷어차 수 미터 공중으로 날려 버렸다. 뼈가 으스러지는 소리가 상욱의 귀에도 똑똑히 들렸다. 만신창이가 된 상욱은 나무에 걸렸다가 땅바닥에 떨어졌다.

수풀 속에서 걸어 나온 발의 주인은 기린 서우였다. 다급한 마음에 뒷발질을 한 서우조차 자신의 힘이 놀라웠다. 기린 뒷발의 사정거리 안에 들어가면 뼈도 못 추린다는 말을 제 몸으로 증명해 보인 상욱은 어안이 벙벙했다.

'사자도 아닌 기린 따위에게…….'

무는 힘이 아무리 강력하다 할지라도 물어뜯기 전에 공격하면 끝이었다. 힘만 믿고 날뛰던 상욱이 싸움의 기본을 알았을 리 만무했다. 동물 세계에서 가장 효과적인 무기는 날카로운 이빨과 발톱이 아니라 상대가 다가오기 전에 무력화시키는 방어력이었다. 그 방어력이 누군가에게는 빠른 발일 수 있겠지만 또 다른 누군가에게는 맞으면 즉사에 가까운 엄청난 뒷발 한 방일 수도 있음을, 애석하게도 상욱은 몰랐다.

몸을 날려 하이에나의 몸통을 누르고 목을 제압한 태웅은 녀석이 더는 저항할 힘이 없음을 알고 한 발 물러났다. 기다리고 있던 아이들이 골대 그물로 상욱을 에워싸자 태웅은 뒤로 더 물러나 영웅을 살폈다. 몇 군데 긁힌 상처가 있었으나 날쌘 돌이답게 나무로 올라간 덕에 큰 봉변을 면한 모양이었다.

태웅은 서우를 올려다보며 말했다.

"고마워."

"뭘, 나도 쟤 밥맛이었어."

"너 뒷발 힘 장난 아니더라."

"별말씀을."

"혹시 나중에 문제가 되면 내가 그랬다고 해."

"됐어. 내가 한 일은 내가 책임질 거야."

"하긴, 쟤 깨어나도 창피해서 곧이곧대로 말하진 못할 거야."

"정신 못 차리는 걸 보니 지옥 가서 라이브 방송이나 하고 오겠지. 뭐, 다시 날뛰면 그땐 척추뼈 순서를 바꿔주고."

태웅은 서우를 향해 털에 묻혀 보이지 않는 엄지를 들어올렸다.

서우야말로 이 동물화 세계의 진정한 강자가 아닐까. 마음만 먹으면 이 일대를 평정하고 왕이 될 수도 있는 놀라운 힘을 가졌을 텐데. 태웅은 잠시 그런 생각을 했다가 입을 다물었다.

영웅은 때를 놓치지 않고 SNS 라이브 방송을 켜 지금 상황을 실시간으로 중계하기 시작했다. 영웅의 라이브 방송을 기다리던 수백 명의 팬이 채팅창에 글을 올리며 환호했다.

"네, 여러분 저는 무사합니다. 말씀드린 순간 길상욱 씨가 깨어나셨고요. 그동안의 상황을 정리하자면 썩은 고기를 좋아하는 하이에나와 그에 못지않게 고기 킬러인 곰이 일대일 매치를 벌였습니다. 하이에나가 잔기술을 써서 곰을 속이고 사람인 저를 물어 죽이려고 했는데요. 그 와중에 기린의 뒷발에 차여 몸과 정신이 함께 날아갔죠. 최소 전치 8주 나올 것으로 예상합니다. 참, 지난번에 하이에나 부모님이 말씀하신 대로 동물화된 아이들끼리의 싸움은 동물의 싸움이니 치료비는 안 물어주는 것으로."

태웅이 낮게 으르렁거리며 영웅에게 경고했다.

"네, 저희 형도 무척 화가 났었다고 합니다. 가족을 건드린 건 절대 참으면 안 되죠. 잘못 건드리면 다 죽는 거예요."

태웅은 영웅의 옷을 물어 질질 끌다시피 데리고 내려왔다.

결국 상욱은 한 달 이상 동물병원에 입원해 치료받아야 할 만큼 크게 다친 것으로 확인되었다. 부러진 갈빗대만 세 개에 찢어진 피부를 봉합하는 데만 몇 시간이 걸렸다는 소식이 전해졌다. 상욱은 서우의 뒷발에 걷어 차인 이야기는 쪽팔려서인지 건너뛰고 퇴원하면 태웅과 영웅을 가만두지 않겠다고 벼르는 중이라는 말이 들려왔다.

그 사건 이후 태웅은 달라졌다. 곰이 되었음에도 가젤로 살겠다는 것은 생태계를 교란시키는 일이었음을 몸소 확인했기 때문이다. 태웅은 더는 물러서지 않겠다 다짐하며 학교 안에서 일어나는 동물화된 아이들의 서열 싸움에 관여하기 시작했다. 태웅이 서열의 꼭대기에 서자 크고 작은 싸움들이 사라졌다.

주어진 힘을 사용하지 않으면 다른 누군가가 자신을 공깃돌로 쓸 거라는 누나의 말이 옳았음이 증명됐다.

그러나 세상만사가 늘 그렇듯 일은 예기치 않은 식으로 진행된다. 3학년 중에서 사자로 동물화된 아이가 나타나며 서열 피라미드는 또 한 번 뒤집힌 것이다. 소문에는 그 아이가 전교 1등을 놓친 적이 없는 '엄친아'에 전교 회장이라나.

곰인 태웅은 사자인 엄친아 전교 회장에게 평화적으로 권력을 이양하고 일인자의 자리에서 내려왔다. 엄친아 사자가 등장해 동물화 세계의 질서를 평정한 이후 학교는 더욱 조용해졌다. 크고 작은 힘겨루기와 대립이 있었지만 점차 잦아들고 제각각의 질서를 찾았다. 힘을 아끼고 절제하는 사자 앞에서 그 누구도 제힘을 꺼내 보이지 않았다.

알고 보면 동물화도 성적순이었던가.

태웅은 속았다는 생각이 들었다. 뭘 모르고 길길이 날뛰던 아이들은 하찮은 동물이 되고, 공부 좀 하고 어른들의 귀염을 받던 아이들은 동물의 왕이 되고.

그러던 중 동물화의 기나긴 터널을 지난 아이들이 하나둘 다시 사람으로 돌아오고 있었다.

키 작은 기린
서우

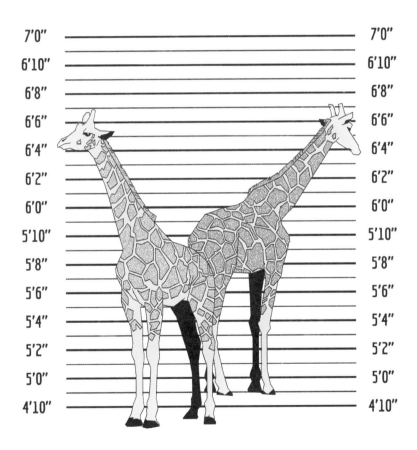

지금까지 수도권을 통틀어 기린이 된 사람은 딱 세 명인데 공교롭게도 그중 두 사람이 서우네 학교였다. 한 명은 2학년 2반 김지원, 또 한 명은 2학년 9반 이서우 자신.

　같은 학년의 여학생인 데다 비슷한 시기에 기린이 되었다는 점에서 둘은 늘 비교의 대상이 되었다.

　다른 애들은 1반 원숭이, 3반 원숭이로 부르면서 지원과 서우는 2반 기린, 9반 기린이 아닌 큰 기린, 작은 기린으로 불리곤 했다. 그 말에는 반에서 키가 가장 작은 축에 속했던 서우가 기린이 된 것을 놀리는 의도도 담겨 있었다.

　먹는 걸로 구박하는 깃보다 생긴 걸로 구박하는 게 더 치사하건만 아이들은 제 얼굴은 나 몰라라 하고 남의 외모로 품

평회를 벌이곤 했다. 특히나 아직 여러 말들이 많은 동물화에 대해서 그나마 중요한 이론으로 여겨지는 것이 사람이었을 때의 키와 몸무게를 반영한다는 것인데, 그 이론에 정면으로 딴지를 거는 사례가 서우였기 때문이다.

"걔 150센티도 안 되지 않아?"

"150이면 초등학교 5학년인 우리 동생 키인데."

"내 말이! 키가 작으면 미어캣이나 펭귄이 되는 게 더 맞지 않냐?"

"그러게. 남들 자랄 때 안 크고 뭐 했대? 쟤는 왜 기린이 됐는지 이유를 모르겠다니까."

"자기가 되고 싶은 것, 뭐 그런 이유도 있지 않을까? 진짜 너무너무 간절해서 하늘이 소원을 들어준 거지."

아파트 2층 높이에 있는 서우의 귀에까지 이런 이야기들이 들려왔다. 서우는 문득 급훈이 떠올랐다.

성장판이 열려 있을 때 자라자!

부모님이 물심양면 뒷바라지해 주실 때, 교복을 입고 다니고 망칠 시험들이 남아 있을 때가 행복한 거라고 담임 선생님은 늘 열을 올리며 말했다. 그래서 클 수 있을 때 힘껏 크라고 했다. 다 크고 나니 그때 제대로 크지 못했던 게 후회된다는 담임 선생님의 말은 좋은 의도였으나 매번 서우를 속상하게 만들었다.

작은 기린 서우는 담임 선생님의 조회 시간에 출석 인정을 받고 곧장 산길로 올랐다. 어차피 다른 동물화 아이들처럼 교실에 들어갈 수도 없고 조그만 창문으로 몇 시간씩 얼굴을 들이밀고 있는 것도 고역이어서 선생님들도 적당히 봐주는 눈치였다.

산에 올라가 있으면 그나마 다른 사람들 눈에도 안 띄고 조용히 시간을 보낼 수 있어 마음이 편했다. 하지만 볼일 보는 장면을 찍겠다고 뒤에 따라붙는 짓궂은 아이들 때문에 서우는 늘 사냥꾼에게 쫓기는 토끼 신세였다.

'기린이 녹색이었으면 좋았을 텐데. 아니면 지금 단풍이 물든 가을이었다면.'

노란색이라 어디서든 눈에 띄는 자신의 털 색깔조차 마음에 들지 않았다. 서우는 발길이 이끄는 대로 더 높은 산으로 올라갔다. 산 중턱까지 올라가니 나무들 사이로 평평하게 닦은 묘지터가 보였다.

"죽은 듯이 잠만 자고 갈게요."

서우는 봉분을 향해 꾸벅 절을 하고 선 채로 잠을 청했다.

'외롭지만 차라리 혼자가 나아. 늘 그랬잖아. 그까짓 원숭이는 없어도 돼.'

말은 그렇게 다짐했지만 마음 한편에서는 원숭이 친구를 사귀고픈 마음이 간절했다.

동물화된 아이들 사이에서 원숭이가 인기를 얻은 것은 곰이나 사자와는 또 다른 이유에서였다. 동물화된 아이들끼리는 대화할 수 있었지만 사람인 아이들이나 선생님과는 소통할 수 없었기 때문이다.

그래서 자유롭게 손을 쓰고 그 손으로 의사소통을 할 수 있는 원숭이는 통역자로 어디서나 인기였다.

원숭이가 된 아이들은 손가락으로 터치패드를 누르는 게 가능해 여전히 자신의 휴대전화를 썼다. 원숭이는 글자를 직접 쓰거나 음성 인식 기능으로 의사를 표현했다. 버튼만 누르면 메모장에 쓴 글을 설정된 기계 목소리가 대신 읽었다.

"오늘, 수학, 숙제, 있었어?"

"급식, 메뉴, 뭐임?"

이런 말들을 사람이었을 때처럼 자유롭게 할 수 있었다. 그래서 원숭이는 다른 동물화 아이들에게 꼭 필요한 존재였다. 하이에나인 상욱은 태주 같은 아이들을 데리고 다니며 제 목소리로 삼았지만 평범한 동물화 아이들은 원숭이에게 통역을 의뢰했다.

서우는 원숭이 통역사가 필요했다. 체육대회가 다가올수록 그 바람은 더욱 간절해졌다. 체육대회는 코앞이고 이대로 있다간 서우는 지원과 함께 현수막을 단 구경거리가 된다. 교무부장 선생님은 학교의 명물이 된 두 기린에게 응원 현수막을 달 것을 명령했다. 걱정은 그뿐만이 아니었다. 둘의 현격한 키차이 때문에 기우뚱한 현수막을 달고 있으면 괜한 시선들이 서우에게 꽂힐 것이 분명했다.

'이대로 걱정만 하다간 죽도 밥도 안 될 거야!'

나뭇가지나 씹어 먹고 있던 서우는 마음을 고쳐먹고 2학년 3반으로 발걸음을 옮겼다. 3반에는 원숭이가 된 최태연이라는 아이가 있었다. 태연이 동물화된 아이들의 말을 전해준다는 이야기를 들었지만 서우와는 아는 사이가 아니었다. 그렇다고 서커스 원숭이 저리 가라인 사고뭉치 1학년 남자 원숭이들에게 부탁할 일도 아니라 서우는 쭈뼛거리며 태연을 찾아가 말을 붙였다.

"저기, 네가 최태연이지?

"응."

"나 너한테 뭐 좀 부탁하려고."

옆에 앉은 짝의 머리털을 골라주던 태연은 빤히 서우를 올려다보았다.

"뭔데?"

"체육대회 말이야. 교무부장 선생님이 우리 학교에 기린이 둘이나 있어서 학교 명물이라고, 나랑 다른 기린 애한테 뿔에다 현수막 매달고 서 있으라고 했거든. 근데 나 그거 하기 싫어."

"웃긴 걸 시키네."

"그래서 말인데 네가 선생님께 말 좀 전해줘. 우리 엄마한테 말하면 괜히 학교 시끄러워지니까. 아마 그냥 못 한다고 하면 선생님이 뭐라고 할 테니까 기린은 고혈압이 있어서 조금씩 움직여 줘야 한다고 전해주라. 머리를 제대로 움직이지 못하면 뇌출혈이 온다고 말이야."

목이 긴 덕에 필히 높은 혈압을 가지게 되었다는 걸 서우조차 기린이 되고서야 알았다. 너무 오래 고개를 내리고 있는 자세가 위험하다는 것도 기린에게만 해당하는 말이었다.

"뭐, 알았어."

"정말? 고마워."

"줄이면 한 서른 글자 정도 되네. 한 글자에 1000원이니까 총 3만 원이야."

"뭐?"

"3만 원이라고. 외상은 안 돼."

"아니, 돈을 내라고?"

"알고 찾아온 거 아냐? 다른 애들도 다 똑같이 해줬어. 그게 너무 길면 네가 사연을 줄여오든지."

"같은 학교 친구끼리 그런 걸로 돈을 받는 건 너무하지 않니?"

태연은 피식 소리를 내며 웃었다. 소리는 크지 않았으나 얼굴 가득 주름을 만들며 잇몸까지 드러내고 웃는 모습에 조롱이 섞인 듯했다.

"애, 나 오늘 너 처음 봤어. 조금 전까지 널 알지도 못했고 더더군다나 우린 친구도 아니잖아. 일 시키면서 갑자기 친구라고 하는 건 웃기지 않냐? 게다가 너처럼 자기 얘기 전해달라고 찾아오는 애가 한두 명이겠어. 그런 애들 부탁 다 들어주고 다닐 만큼 난 한가하지 않아."

"그래도 너무 비싸잖아."

"그럼 말을 줄이라고. 그것도 안 되면 다른 기린 애한테 반반씩 하자고 해. 걔도 자기 머리에다가 현수막 걸고 있는 건 싫을 거 아냐. 내가 이런 것까지 얘기해 줘야 해?"

서우는 태연의 똑 부러진 말에 말문이 탁 막혔다. 같은 중학생이라기엔 지나치게 셈에 밝았고 영악하게 머리가 잘 돌아갔다.

아무 말도 못 하고 돌아서는 서우의 등 뒤에 태연이 한 방을 더 날렸다.

"마감은 내일까지야. 밀린 주문 많아서 내일까지 안 오면 나도 힘들어."

말을 줄이기도 힘들고 돈을 내기도 힘들다면 남은 선택지는 하나였다.

결국 서우는 자존심을 접고 지원을 찾아갔다. 큰 기린 지원은 늘 교실에 머리를 넣고 아이들과 함께 수업을 듣는 모범생으로 소문이 나 있었기에 찾는 일은 어렵지 않았다. 하긴 그

키로 어디를 간들 몰라볼 수도 없겠지만.

건물보다 낮은 지대에 있는 운동장에서 지원을 쳐다보니 가뜩이나 큰 키가 더욱 커 보였다. 화단을 밟지 않기 위해 다리를 벌린 채 2층 창문에 머리를 집어넣고 있는 모습을 보자 괜히 뜨끔한 심정이었다. 그 자세가 힘들다고 도망간 자신을 선생님들이나 다른 친구들이 어떻게 생각했을까. 이런저런 생각을 접어두고 서우는 용기를 내어 지원을 불렀다.

"저기, 지원아."

지원은 창문에서 머리를 빼고 서우를 돌아봤다.

"어? 왜?"

"있지, 너 그렇게 계속 고개 들이밀고 있는 거 안 힘들어?"

"그래야 수업을 들을 수 있잖아."

"으응, 그렇긴 하네."

이렇게 모범생인 지원에게 그 이야기를 꺼내려니 입을 떼기가 어려웠다.

"할 말 있어?"

"……너도 교무부장 선생님께 얘기 들었지? 체육대회 때 머리에 현수막 거는 거."

"응, 왜?"

"그거 할 거야?"

"뭐, 우리가 체육대회를 뛰지는 못하니까 그거라도 참석해야 출석으로 인정받는다는데, 안 할 이유가 없잖아."

"……넌 싫지 않아?"

"선생님이 하라는데 어쩌겠어. 안 그래도 너 찾아가서 키 좀 맞춰 보려고 했는데 잘됐다. 올라와 봐. 현수막 걸면 높이가 잘 맞나 보게."

계단 아래 있던 서우는 뒷걸음질하며 말했다.

"우린 전봇대가 아니잖아."

"다른 애들도 서커스 동물은 아니야. 그런데 걔들은 재주도 부리고 응원봉도 입에 물고 연습하더라. 넌 느껴지는 게 없어?"

"다른 사람이 해도 내가 싫으면 싫은 거지. 난 갈게."

서우는 운동장을 가로질러 도망쳤다. 긴 목이 달랑달랑 흔들리며 조급한 마음을 재촉했다. 기린이란 건 왜 이리 쓸데없이 목만 길어 뛸 때도 휘청거리냐고.

원래 저렇게 수긍하는 게 맞는 건가, 내가 너무 예민한 건가. 서우는 별별 생각이 다 들었다.

'가뜩이나 큰 기린, 작은 기린으로 놀림을 당하는 판에 나란히 선 사진이 찍힌다면 오래도록 입방아에 오르내릴 텐데.'

서우는 울적한 마음으로 다시 산에 올랐다. 적어도 산에 가면 영악한 원숭이도, 모범생인 큰 기린도 없을 테니까. 있는 거라곤 몸은 산만 하고 갈고리 같은 발톱을 가진 평화주의자 곰뿐이니.

묘지 근처에 아이들이 보이지 않는다는 건 이미 곰인 태웅이 정리를 해서 내려보냈다는 뜻이다. 남의 조상 묘에 등을 대고 세상 근심 없는 자세로 반쯤 벌렁 누워 있는 태웅이 보였다.

"어서 와."

서우는 대꾸 없이 주변 나무의 잎을 뜯어 먹었다.

"어, 오늘은 좀 기분이 안 좋아 보이네."

대답도 없는 서우를 보며 태웅은 옆으로 데구루루 굴러 자리에 앉았다.

"무슨 일 있었어?"

"교무부장 선생님이 체육대회 때 뿔에 현수막 걸고 있으래. 전봇대처럼."

"정말? 희한한 걸 시키네."

"나 혼자만은 아니고 너희 반 김지원이랑."

"싫다고 해. 지원이랑 둘 다 못 하겠다고 하면 되잖아."

"……."

"아, 알겠다! 넌 하기 싫은데 범생이 김지원은 하겠다고 한 거구나, 너만 이상한 사람이 된 거고."

"어떻게 알았어?"

태웅은 열 살 터울 나는 무서운 누나와 맨날 사고만 치고 다니며 집 안을 뒤엎는 한 살 아래 동생 때문에 터득한 생존 전략이라는 말은 하지 않았다.

"근데 그것 때문만은 아닌 듯하네."

"그전에 3반 최태연에게 통역 좀 부탁하려고 갔는데……."

"걔는 좀 비쌀 텐데."

"너도 알고 있었어?"

"사람 말 못 해서 답답한 동물이 너뿐이겠냐. 다들 원숭이 친구가 필요한 거지."

"걔는 날 본 적도 없고 친구도 아니라고 하더라. 맞는 말인데 얄미워."

태웅은 곰곰이 생각에 잠겼다. 태연이 말을 전하는 데 돈을 받는 건 알고 있었지만, 자신은 필요 없었기에 크게 신경을 쓰지 않던 부분이었다. 그 이유는 지금 저 멀리서 자신을 향해 달려오고 있는 저 녀석 때문이었다.

"형! 형!"

서우는 한 발 물러나 풀숲에 몸을 반쯤 숨겼다. 영웅은 서우를 흘낏 올려다보더니 손을 들어 반갑게 인사했다.

"안녕, 생명의 은인 뒷발 누나!"

그리고 곧장 태웅에게 용건부터 전했다.

"형, 나 열받게 하는 놈이 하나 있는데 가서 앞발 한 번만 흔들어줘."

한심하게도 늘 이런 부탁을 해오는 영웅 때문에 대화의 스킬이 늘었다. 제 말귀를 누구보다 잘 알아듣고 생각까지 읽어대는 이 무서운 동생 놈이 있어서 태웅은 학교생활이 답답하거나 힘들지 않았다. 영웅의 부탁에 태웅은 안 된다고 고개를 흔들며 돌아앉았다.

"아, 겁만 한 번 주라고!"

그때 머릿속에 신통한 생각 하나가 스쳤다. 태웅은 등을 돌려 주둥이로 영웅의 얼굴을 쳤다. 탁탁. 할 이야기가 있다는 둘만의 약속이었다.

"왜? 뭐?"

태웅은 주둥이로 옆에 서 있는 기린을 가리킨 다음, 앞발로는 자신의 귀를 가리켰다. 그리고 땅바닥에 떨어져 있던 비닐 쪼가리를 들어 자신의 귀에 걸고 몇 번의 도리도리를 했다. 영웅이 단박에 이해했다.

"저 뒷발 누나가 귀에 뭘 걸어야 하는데 그게 싫다고?"

듣고 있던 서우조차 놀랄 수준의 언어 소통이었다. 소싯적에 유행했던 '몸으로 말해요'라는 텔레비전 프로그램에 이 두 형제가 출연한다면 우승은 떼놓은 당상이라는 생각이 들었다. 태웅은 땅바닥에 '2-3'과 'T'자를 썼다.

"2학년 3반? 선생님? 아, 교무부장 선생님한테 말하라고?"

태웅과 서우가 동시에 고개를 끄덕였다. 서우는 놀라움과 감탄의 끄덕임이기도 했다. 영웅은 눈을 가늘게 뜨고 태웅과 서우를 번갈아 바라봤다.

'저 녀석이 오래 생각하는 건 좋은 징조가 아닌데.'

"이걸 해주는 대신 형은 내 부탁 들어줘야 하는 거 알지?"

태웅은 대답 대신 일어나 큰 앞발을 들어 나무 기둥을 쿵쿵 세게 치고 돌아봤다.

"이 정도 강도로 해줄까?"

"뭐, 좋아. 그 정도면 오케이. 그리고."

영웅은 고개를 들어 먼 하늘에 둥둥 떠 있는 기린의 얼굴을 올려다보며 말했다.

"누나도 나한테 쿠폰 하나 빚지는 거 알지?"

서우가 어찌할 바를 몰라 하자 영웅은 태웅의 귀에 걸린 비닐을 떼어내 던지며 말했다.

"얼마 전에 도와준 건 도와준 거고, 비즈니스는 비즈니스야. 싫으면 없던 일로 하지 뭐."

커다란 기린이 두 발을 동동거리며 영웅의 앞을 가로막고 "알았어, 알았어" 말하며 고개를 끄덕였다. 영웅은 회심의 미소를 지으며 두 사람과 함께 교무실로 향했다.

교무실에 들어간 건 영웅과 태웅이었다. 교무실 밖 창문에서 두 사람을 기다리는 서우는 초조했다.

잠시 후 창문 밖으로 고개를 내민 교무부장 선생님이 손을 들어 서우를 불렀다. 다리를 벌리고 고개를 창문 앞으로 들이밀자 선생님이 멋쩍은 표정으로 말했다.

"뭐 전교생 앞에서 그런 꼴로 서 있을 수는 없으니까 체육
대회 때 일은 없던 것으로 하자."

뛸 듯이 기쁜 마음이 먼저여야 하는데 어찌 된 영문인지
의구심이 앞섰다.

교무실 밖으로 나온 형제를 쫓아가자 태웅은 고개를 푹 숙
이고 걸어가고 있었다. 영웅은 서우에게 엄지를 들어 올리더
니 형의 목에 암바를 걸었다. 태웅은 동생에게 목이 붙잡힌 채
질질 끌려가면서 애써 서우를 외면했다.

"태웅아, 네 동생이 뭐라고 했기에 깐깐한 교무부장 선생님이
대번에 취소해 주신 거야?"

"……그게, 그날 네가 좀 힘들 거라고."

태웅이 시선을 회피하자 서우는 뭔가 숨기는 게 있다는 걸
직감했다.

"뭐야, 똑바로 말해."

"……영웅이가 너 그날, 그날이라고 했어."

"뭐?"

눈이 뒤집힌 서우가 무서운 표정으로 다가왔다. 태웅이 제
아무리 곰이라 봤자 200킬로그램 정도인데 기린은 1톤이 넘
기도 한다는 걸, 형을 버리고 도망가는 저 영웅이 알려주었다.
뒷발질 한 번에 사자도 뼈가 으스러지고 즉사할 수 있다는 것
까지 빠뜨리지 않고 자세히.

아이들이 곤죽이 되기 때문에 다음 날 수업에 지장이 없도록 체육대회는 금요일로 정한다는 말을 증명하기라도 하듯, 체육대회 날은 아침부터 강행군의 연속이었다.

관중석에 앉아 목이 터지라고 응원하고, 줄다리기, 이어달리기, 피구 등을 하며 아이들은 그동안 쌓인 힘을 컴퓨터 게임이 아닌 현실 게임에 불살랐다.

동물이 된 아이들은 각 반의 마스코트가 되어 깃발을 흔들거나 쩌렁쩌렁한 울음으로 기선을 제압했다.

그러나 공식적으로 '그날'이 된 서우는 일찌감치 운동장을 빠져나와 뒷산으로 올랐다. 그곳엔 역시나 대회에서 빠져나온 태웅이 있었다. 한쪽 귀에는 앙증맞은 고깔을 쓴 채였다.

"넌 여기 왜 왔어?"

"재주 부리다가 힘들어서 잠시."

"원숭이도 아니고 가지가지 한다."

"아, 참, 그거 알아? 1반에 원숭이 여자애가 하나 더 생겼는데 그 바람에 최태연 통역 단가가 내려갔대."

"그러게, 있을 때 잘하지. 참, 네 동생한테 말해줘. 나 이제 화다 풀렸으니까 도망 다닐 필요 없다고."

"정말이야?"

"근데 원숭이는 네 동생이 더 잘 어울릴 것 같아. 나중에 네 동생이 동물화되면 이 구역을 아주 씹어먹을 거다."

"나도 그게 걱정이야. 저 녀석이 뭐가 될지."

양반이 되기에는 애초에 그른 영웅이 산 아래서부터 머리카락을 휘날리며 뛰어오고 있었다. 날쌘 데다 성질 사납고 힘이 세면서 머리도 잘 돌아가는 영웅에게 도대체 어떤 동물이 어울릴까 태웅도 궁금했다.

"기린 누나!"

"내 말이 맞지? 쟤는 원숭이가 딱이라니까."

"교무부장 선생님이 누나 찾아!"

"왜?"

"현수막 걸고 있던 다른 기린이 쓰러졌나 봐. 아무도 일으키질 못해서 누나 데리고 오래."

서우는 자초지종을 더 들을 것도 없이 헐레벌떡 산을 뛰어내려갔다.

사람들이 웅성거리며 모인 곳에 구급차도 도착해 있었는데, 기린이 된 지원이 워낙 덩치가 큰 데다 무거워 아무도 손을 대지 못하고 있었다.

서우는 긴 목을 이용해 지원의 목을 끌어올렸다. 목으로 계속 얼굴을 치며 발로 심장 부근을 마사지하자 뒤집혔던 눈동자가 다시 돌아왔다. 곧 정신을 차린 지원이 휘청거리며 일어섰다. 서우가 휘청이는 지원의 목을 제 목으로 안아 끌어올렸다.

사람들은 놀란 가슴을 쓸어내렸지만 큰 기린은 깨어나자마자 서우를 목으로 밀쳐낸 뒤 노려보았다.

"나쁜 년, 네가 여기를 왜 오는데?"

서우는 충격을 받았다. 지원이 뱉어낸 말을 들은 서우는 서러움에 절로 눈물이 나왔다.

"생리는 하루 만에 다 끝났나 보지?"

"그건 사실……"

"네가 교무부장 선생님께 거짓말하고 빠지는 바람에 내가 이렇게 된 거잖아!"

"야, 무슨 말을 그렇게 해?"

"눈이 있으면 보라고! 네가 있었으면 현수막 한쪽을 가로등에 매달 필요가 없었잖아. 높이 맞추려고 고개를 숙이다가 기절했다고! 기린은 고개를 오래 땅에 붙이고 있으면 기절한다는 거 너도 알잖아."

"애초에 안 한다고 했으면 되잖아. 너도 싫은 거였으면 말을 했어야지! 그게 왜 내 탓이야!"

그 말을 듣고 동물화된 아이들은 두 분류로 나뉘었다. 거짓말을 하고 현수막을 매달지 않은 서우가 나쁘다는 쪽과 그 잘못을 서우에게 퍼붓는 지원이 너무하다는 쪽으로.

영웅이 태웅의 귀를 잡아당기며 물었다.

"저 기린이 이 모든 게 이 기린 누나 때문에 벌어진 일이라고 한 모양이지?"

태웅은 천천히 고개를 끄덕였다.

"자기는 피해자이고, 이 기린 누나가 거짓말하고 내뺀 거라고?"

보고 있던 원숭이 태연은 이 상황을 휴대전화로 옮겨 적은 뒤 들려주었다. 사람들은 이런 일이 벌어진 뒷배경과 그전의 일은 삭제되고 지원의 입장만이 반영된 이야기를 들었다. 원숭이 태연의 단골손님이 지원이란 사실을 아는 사람은 드물었다. 태연에게 돈을 낸 적이 없는 서우의 입장은 대변되지 않았다.

사실 이 모든 사건에는 지원과 태연의 짬짜미가 있었다. 현수막을 걸기 싫은 지원은 태연에게 이 일을 부탁했고, 꾀가 많은 태연은 서우를 이용해 모범생 지원의 이미지에 금이 가지 않게 사건을 해결하려고 했던 것이다.

지원에게 서우가 찾아오더라도 거절하라고 한 것도 태연이었고, 지원이 낼 몫까지 서우에게 두 배로 불러 서우가 돈을 내게 하자고 아이디어를 낸 것도 태연이었다.

단 하나 예상하지 못한 변수는 어디서 원숭이 같은 1학년 남자아이가 끼어들어 훼방을 놓는 바람에 서우가 빠지고 지원 혼자 현수막을 걸어야 했다는 것이다. 원숭이가 제 꾀에 당한 셈인데, 그 원숭이의 말을 곧이곧대로 듣던 지원은 억울하게 혼자 현수막 걸이가 되었으니 심사가 뒤틀렸던 것이다.

하지만 분위기는 점점 서우를 나쁜 기린으로 몰아가고 있었다. 여론이란 게 그렇게 무서웠다. 생각할 틈을 주지 않고 몰아치는 분위기가 되자 서우는 울먹이며 다시 산으로 올라갔다. 긴 목을 가누지 못하고 울며 휘청대는 기린만큼 불쌍해 보이는 건 없었다.

영웅은 이 모든 사태를 조용히 동영상으로 촬영하고 뒤로 물러났다. 어차피 지금 이 자리에서 자신의 괜한 말 때문에 서우가 궁지에 몰렸다는 걸 증명해도 사람들은 생각을 바꾸지 않을 듯했다.

소문이 점점 커져 학교 안에서 서우에 대해 좋지 않은 여론이 형성될 무렵, 사건을 반전시키는 또 다른 이야기가 터져 나왔다. 바로 영웅의 SNS에서.

영웅은 그동안 서우가 여러 친구를 도와주던 장면들을 애니메이션처럼 만들어 올렸다. 사진들로만 짧게 구성된 애니메이션에 아이들의 관심이 집중되었다.

2학년 9반 기린 이서우, 이 사람을 통역합니다.

누가 저에게 머리에 현수막을 달고 다른 친구와 함께 운동장에 온종일 서 있으라고 하면 말도 안 되는 소리라고 할 겁니다.

그런 일이 싫으면 거절해야 하는 거죠?

의사를 표현하기 위해 기린 이서우는 비싼 원숭이 번역 대신 친구 동생의 입을 무료로 빌려 썼습니다. 말이 이상하게 꼬였지만 어쨌든 체육 대회 현수막 걸이 신세는 피했습니다.

다른 기린도 거절했을 것이라 생각했지만, 그 기린은 자기 뿔에 현수막을 걸었습니다.

그리고 무리를 하다가 쓰러졌죠.

3만 원을 내지 못해 성능이 부실한 무료 번역기를 쓴 기린은 소식을 듣고 달려와 쓰러진 기린을 도와줬죠. 그런데 깨어난 기린의 첫마디는 "나쁜 년"이었습니다.

이서우는 하소연 한마디 못 하고 혼자 도망갔다는 원망과 사람들의 손가락질을 받아내야 했습니다. 유료 번역기가 이서우의 말은 통역해 주지 않았거든요.

근데 기린의 뿔은 소뿔 같은 게 아닙니다. 오시콘이라고 불리는 기린의 뿔은 사실 피부로 덮여 있는 연골 조직이래요. 현수막을 걸라고 튀어나온 못은 아닌 거죠.

원숭이 번역료를 이서우에게 덤터기 씌우려고 했던 기린은 이런 말을 했어야죠.

짜고 쳐서 미안해.

일이 이렇게 될 줄은 몰랐어.

사실 나도 하기 싫었어.

내야 할 돈은 네가 다 내고, 난 편하게 현수막 안 걸게 될 줄 알았어.

내가 나빴어.

이렇게 말이죠.

사과는 대체 누가 누구에게 해야 하나요?

태웅은 금시초문이었지만 사실 영웅의 SNS는 거의 모든 재학생이 팔로우하는 초절정 인기 계정이었다. 영웅이 올린 이 게시물의 파장은 어마어마한 후폭풍을 가지고 와 체육대회 이후 학교를 초토화시켰다.

교통사고를 당한 뒤 퇴원한 지 얼마 되지 않았던 교무부장 선생님은 시말서를 썼다가 사태가 걷잡을 수 없이 커지자 이 참에 병가를 쓰고 장기 요양에 들어갔다는 소문이 자자했다.

단 한 번도 결석하지 않던 지원은 학교에 나오지 않았고, 저렴하고 신속한 원숭이들에게 밀린 태연의 번역 사업은 하루가 다르게 단가를 후려치며 고객 유치에 안간힘을 쓰고 있다는 소문이 파다했다.

이제 교육부는 공식적으로 원숭이 학생의 번역 활동을 자원봉사로 인정해 봉사 점수를 주기로 했고, 개인적으로 돈을 받는 것은 금하기로 했다는 소식이 전해졌다.

이 모든 것이 영웅이 일으킨 작은 날갯짓이었다. 그 일이 있었던 후 유행이랄 수는 없는, 그렇다고 우연이랄 수도 없는 동물화가 일어났다. 가장 인기 있던 동물화인 원숭이의 수가 줄고 기린이 눈에 띄게 많아졌다. 동물화는 바란다고 되는 것은 아니었지만 어느 정도의 희망 사항이 반영되는 것이 아닌가 하는 쪽으로 무게가 쏠렸다.

마치 돈을 잘 버는 학과가 대학 입시에서 높은 경쟁률을 보이다가 어느 순간 시들해지듯이.

최근 가장 핫한 동물화는 뒷발이 강력한 데다 수업까지 빼먹을 수 있는 특권을 가진 기린과 말을 못해 답답할 걱정이 없다는 앵무새였다. 원숭이가 말을 잘못 번역하면 옆에서 "거짓말, 거짓말"이란 말로 산통을 깨어놓아 원숭이의 번역 사업을 사양길에 접어들게 만든 장본인이었다.

목만 길고 아무짝에도 쓸모없다고 생각했던 기린이었는데, 이제는 기린이 우아하고 점잖게 운동장을 가로지르면 산이 통째로 옮겨 다니는 광경을 보는 것 같다며 서우네 학교를 찾아와 동영상을 찍는 사람들이 많아졌다. 근방 학교에서 가장 많은 기린이 생기고 밀집도가 높아지면서 '기린중'이란 별칭으로도 불리게 되었다.

그러나 서우는 여전히 뒷산에 숨어 풀잎을 뜯는 걸로 소소한 행복을 누렸다. 태웅은 보면 볼수록 놀라운 서우의 목뼈를 올려다보며 감탄하듯 말했다.

"목뼈가 한, 서른 개쯤 되겠다."

"아니야. 사람이나 기린이나 목뼈의 수는 같아."

"말도 안 돼."

"포유류는 목뼈가 일곱 개야."

"그럼 목뼈 하나하나가 긴 거라고?"

"응, 통뼈라 싸울 때 무기가 되더라고. 그리고 더 놀라운 건."

서우는 긴 목을 뻗어 반대편 나뭇가지의 잎사귀를 떼어 먹었다. 그 잎이 뒷말인 양 우물우물 씹어먹다가 삼키고 말을 이었다.

"내가 작지 않더라고."

"뭐?"

"키 말이야. 그날 나랑 지원이랑 처음으로 같이 섰잖아. 근데 키가 다르지 않았어. 옛날이야 작은 사람이었지만 지금은 그냥 목뼈가 일곱 개인 똑같은 기린인 거지."

그 말을 하는 서우의 목이 오늘따라 더 길어 보였다. 다시 작은 서우가 된다고 해도 목뼈가 일곱 개인 건 똑같다는 말이 멋지게 들렸다.

"아, 그러고 보니 영웅이가 네가 부럽대."

"그 사고뭉치가 왜 날?"

"기린은 태어날 때부터 최소 180이라고. 우리 아빠도 180이 안 되는데."

"걔는 그런 얘길 어디서 주워듣고 다니는지 모르겠어. 참, 나중에 내가 꼭 그 은혜 갚는다고 전해."

태웅은 어정쩡하게 고개를 끄덕이며 웃었다.

그 말을 들을 당사자가 오늘 아침에도 태웅 앞에 새로 동물화가 된 백곰을 데리고 나타나 곰 싸움을 찍겠다며 휴대전화를 들이밀었다는 말을 해 무엇하랴. 더불어 영웅이 놀이기구처럼 기린 목에 탈 계획을 세우고 있다는 건 미리 말하지 않는 편이 좋을 듯했다.

골목으로 들어서던 국영의 눈에 낯선 개 한 마리가 보였다. 굳게 잠긴 대문 앞에서 꼬리를 감춘 채 어쩔 줄 몰라 하는 것을 보니 집 밖에서 동물화된 모양이었다. 녀석이 메던 것으로 보이는 책가방이 문 앞에 놓인 채였다. 얼마 후, 문을 열고 나오던 아주머니가 개를 발견하고 흠칫 놀라는 얼굴이 되었다가 녀석이 물어 흔드는 책가방을 보더니 한눈에 사태를 짐작해 냈다. 개를 끌어안은 아주머니는 한참 동안 눈물 바람이었다가 이윽고 녀석을 고이 안아 집으로 들어갔다.

이제 동물화란 누구에게나 올 수 있는 감기 같은 일로 받아들여졌다. 첫 동물화가 나타난 뒤로 해가 바뀌었는데 그사이 많은 것들이 달라졌다.

처음 동물화가 시작되던 때만 해도 사자나 호랑이, 곰과 같은 맹수가 많았지만 이제는 집에서 키우는 개나 고양이, 햄스터 같은 동물로 변하는 게 주를 이뤘다. 가끔 소나 말처럼 커다란 가축으로 변하는 아이들도 있었지만 대체로 집의 크기에 맞춰 알맞은 크기로 줄어들고 있다는 우스갯소리도 생겨났다.

국영은 차에 얼비친 자기 모습을 물끄러미 바라보았다.

개라는 건 똑같지만 문을 열고 들어간 저 개는 보살펴 줄 사람이 있는 집개이고, 자신은 돌아갈 집과 보살펴 줄 사람이 없는 들개란 것이 달랐다.

보지 않았으면 좋았을 광경을 본 뒤 괜히 마음이 울적해졌다. 국영은 마음을 다잡고 자신이 들어가야 할 집을 다시 한번 살펴보았다. 단독주택은 아무리 담이 높아도 대문만 열려 있으면 들어가는 게 식은 죽 먹기다.

국영은 몇 번의 탐사 끝에 낮 동안 집이 비고 사람들이 늦게 들어오는 집을 골랐다. 마당에 개를 키우지 않고 옥상이 비어 있는 곳이라면 몸을 숨기기에 최적의 장소라는 것도 몇 번의 시행착오 끝에 얻은 것이다. 특히 할머니만 있는 집이면 문단속이 더 허술한 편이라, 그 할머니가 드나드는 시간대만 알면 집 안 출입도 가능했다.

초록 대문 집 할머니로 불리는 23번지 할머니는 늘 아침을 먹고 댓바람에 동네 마실을 나갔다. 국영은 할머니가 나가면 몇 분 동안 주변을 살피다 집 안으로 들어가 먹을 것을 훔쳐 먹었다. 할머니의 기억력이 좋지 않고 집 안이 정리되지 않았을수록 국영이 드나들기에 최적의 조건이었다. 주차된 차 밑에서 호시탐탐 기회를 엿보던 국영은 할머니가 딸의 차를 타고 집을 떠난 후 열린 대문으로 조용히 기어가서 집 안으로 들어갔다.

그러나 그날은 억세게 운이 나쁜 날이었다.

할머니의 기억력이 나빠 대문 잠그는 걸 잊는 것처럼 꼭 필요한 물건도 잊을 수 있다는 걸 생각하지 못했다. 할머니의 딸이 한숨을 푹 쉬며 현관문을 열고 들어섰다.

"또 현관문 안 잠갔네. 엄마는 신분증 꼭 챙기라고 몇 번을 말씀드려야 해. 일주일 전에도 말씀드려, 어제도 말씀드려, 아까 출발하기 전에도 그렇게 노래를 불렀는데 그걸 놔두고 와요? 집도 치워놓으면 또 이렇게 금방 엉망으로 만들어두……."

국영은 할머니의 딸과 정통으로 눈이 마주쳤다. 씹던 걸 멈추고 얼어붙어 딸을 바라봤다. 딸의 비명에 맞춰 뛰쳐나왔지만 골목을 오가던 할 일 없는 고등학생들을 만난 게 또 한 번의 불운이었다.

학교 가기 싫어 건수를 노리던 아이들은 남의 집에서 뛰쳐나온 떠돌이 개를 보자마자 "오늘은 너로 정했다"라고 외치며 달려들었다. 남아돌 힘을 주체할 수 없으니 달리기 잘하는 떠돌이 개가 얼마나 반가웠으랴.

아이들에게 한참 동안 쫓긴 국영은 단독주택 단지 뒷산으로 올라가 몸을 숨겼다. 산은 사람들 눈을 피해 살기에는 최적의 장소였으나 먹을 것을 구하기에는 최악의 장소였다. 지붕 없는 곳에서 이불 없이 잠을 자는 떠돌이 생활을 한다고 해도 먹을 것만은 사람 음식을 먹자는 국영 나름의 철칙이 있었다. 산 생활을 오래 하다 보면 자연인이 아닌 야생 들개가 될 게 분명했으니까.

게다가 산에는 진짜 떠돌이 개들이 존재했다. 그 개들은 한 번 마주치면 사냥감을 잡듯 쫓아와 죽을 때까지 물어뜯는 것으로 유명했다.

국영은 들개들의 흔적을 피해 점점 더 깊은 산으로 들어갔다가 산길 한가운데서 스님 두 분을 만났다. 눈썹이 흰 주지 스님은 눈앞의 개가 사실 사람이라는 것을 한눈에 알아봤다.

"중생이구나."

국영은 중생이 뭔지 몰랐지만 그 말을 듣는 순간 자신의 정체를 들켰다는 생각에 온 힘을 다해 도망쳤다. 사람에게 잡히면 철창 신세가 된다고 다른 동물화 아이들이 알려준 것을 기억하고 있었기 때문이었다. 들개가 도망치는 걸 지켜보던 다른 스님이 주지 스님에게 물었다.

"저렇게 놔둬도 될까요?"

"한번 길에 들었으니 힘 떨어질 때까지 달려보겠지."

두 사람은 국영이 도망간 길로 천천히 걸었다.

"스님은 왜 아이들이 동물이 된다고 생각하십니까?"

"누구나 거쳐야 하는 시기지 않나."

"그런데 동물이 되지 않는 아이들이 있는가 하면 또 저렇게 변하는 아이들이 있지 않습니까?"

"저렇게 크게 앓고 나면 남은 생에는 사람으로 잘 살아갈 걸세. 이 시기를 겪지 않으면 눌러둔 제 본능 때문에 언젠가 괴로워할 날이 있을 테고."

"왜 각기 다른 동물로 변할까요?"

"제가 가장 많이 하는 생각 따라 그 길이 생기는 거라네. 가장 많이 머문 곳에 흔적이 남고, 그 흔적이 그림자가 되고, 그 그림자가 동물이 된 걸세."

"그럼 쟤도 걱정이네요."

"놔두게. 다 필요한 시기일 테니."

국영은 인적이 드문 길로만 내달렸다.

충분히 도망쳤다고 생각한 지점에 다다라서야 겨우 한숨을 돌렸다. 사람과 들개, 둘 중 누가 더 무서운가로 따지면 당연히 사람이 더 두려운 존재였다. 들개는 본능뿐인 동물이지만 사람은 본능을 숨긴 채 생각이란 걸 하는 동물이었다.

국영은 당분간 산에서 몸을 숨기고 숨어 지낼 만한 곳을 알아봐야겠다고 생각하면서 계곡물을 마셨다. 그런데 뭔가 싸한 느낌이 들었다. 바스락거리는 소리가 동시다발적으로 여러 군데에서 들려오고 있었는데, 그 소리는 점점 자신을 향해 오고 있었다.

고개를 들었을 때 국영은 자신이 이미 들개들의 포위망 안에 들어왔음을 알았다. 그들은 계곡으로 좁아지는 길목 곳곳을 막아서며 퇴로를 차단하고 국영을 향해 조금씩 다가오고 있었다. 잘 훈련된 사냥 방법이었다. 하지만 목줄이 보이지 않았다.

국영의 의심은 가까이 다가와 드러난 개들의 얼굴을 보며 확실해졌다. 그들은 산에서 살아가는 들개들이 분명했으나 뭔가 이상한 구석이 있었다. 잘 보니 그중 한 마리의 등에 원숭이가 올라타 있던 것이었다.

견원지간!

사자성어에 쥐약인 국영조차 제대로 아는 단어였다. 개와 원숭이가 서로 으르렁거리는 사이라는 것은 할머니가 이혼한 엄마와 아빠를 두고 늘 해오던 말이다. 애초에 개띠와 원숭이 띠라 그렇게나 반대를 했는데 세상 부끄러운 줄도 모르고 부른 배로 쳐들어온 게 네 어미다, 라고. 그 부끄러운 배에서 태어난 게 누나였고 말릴 새도 없이 연이어 들어선 게 자신이란 걸 너무도 오랫동안 새겨왔다. 그래서 저 개와 원숭이가 함께 있는 모습이 얼마나 어울리지 않는지를 한눈에 알아본 것이다.

또 한 녀석의 등에 새겨진 문신 같은 이상한 문양과 다른 녀석의 귀에 달린 여러 개의 피어싱은 그들이 사람이었음을 증명하는 강렬한 흔적이었다.

죽을 때까지 쫓아오는 들개가 아니라 다행이었지만 그보다 더 두려운 존재인 사람이었기에 국영은 긴장을 늦출 수가 없었다. 그들이 왜 사냥 대형으로 압박해 왔는지 이유를 알 수 없었다. 어쩌면 그들도 국영이 진짜 들개인지 아니면 사람인지 모르고 있기 때문인지도.

일단 국영은 사람이라는 걸 숨기기로 했다.

그들은 소곤거리며 포위망을 좁혀왔다. 그 안에는 우두머리도 있고 행동대장도 있고 밥주머니가 되는 놈도 있었다. 들개들은 국영의 냄새를 맡으며 차근차근 다가왔다.

네 마리 중에 한가운데 있는 놈의 종은 알 수 없었으나 근육질에 우람하고 큰 덩치를 갖고 있었다. 옆에 있는 허스키는 행동대장처럼 보였는데, 매서운 눈으로 국영의 곳곳을 살폈다.

"떠돌이 개 같은데."

국영은 대답 대신 낮게 으르릉거리며 개처럼 행동했다.

"거보라니까. 진짜 개라고."

그러나 우두머리는 표정 하나 바뀌지 않은 채 국영을 보고 있었다. 허스키의 등에 올라탄 원숭이가 이빨을 드러내며 말했다.

"바보 같은 놈! 우리가 이 정도로 좁혀왔는데 눈치채지 못한 개가 있었어?"

"어? 없었지. 사냥 대형으로 찢어지기도 전에 눈치채고 도망갔지."

"근데 얘는?"

"얘는 물 마시느라 정신이 팔려서."

"얘는 진짜 개가 아니니까 주변에 대한 본능이 없는 거야. 가까이 다가왔을 때 어리둥절해하는 표정은 개가 지을 수 있는 표정이 아니지."

원숭이는 우끼끼끼 이상한 웃음소리를 내며 국영을 비웃었다. 아무 말 않고 사태를 지켜만 보던 우두머리가 천천히 국영 곁으로 왔다.

"다들 입 다물어."

쉴 새 없이 떠들던 녀석들이 일제히 입을 다물었다.

"이제 네가 말해봐."

"……"

국영은 녀석들과 얽히고 싶지 않았다. 동물화된 아이들 중 이 녀석들처럼 이상한 조합은 없었다. '가출 팸'에도 스무 살이 넘은 성인과 중고등학생 아이들로 구성된 이상한 조합의 무리는 늘 대형 사고를 일으키곤 했다. 그들은 오갈 데 없는 아이를 데려와 소모품처럼 쓰다가 더는 뽑아낼 게 없으면 버리고 새 멤버를 구하는 식으로 패밀리를 유지하며 아이들의 정신과 육체를 타락시켰다. 힘의 균형이 어딘가로 쏠려 있는 관계는 얼마 못 가 결국 부러져 버렸다.

"……난 혼자가 편해. 엮이고 싶지 않아."

국영이 사람인 걸 알고 놀라는 다른 들개와 달리 대장은 표정 하나 변하지 않고 말했다.

"산 두 개를 넘으면 들개 무리가 있어. 걔네는 여섯 마리 정도 인데 만나면 피곤해지는 쪽이 아니라 피를 흘리는 쪽이다. 이 산을 넘어갈 때까지만 우리랑 다녀. 그다음에는 너 가고 싶은 데로 가든가."

그 말은 국영의 마음을 흔들었다. 우두머리의 말대로 산 너머에 들개 무리가 있다면 혼자 다니는 것은 너무나 위험한 짓이다. 몰랐다면 모를까, 알게 된 이상 그 호의를 거절할 이유가 없었다.

우두머리가 돌아서자 나머지 개들도 명령이라도 받은 듯 그를 쫓았다. 잠시 망설이던 국영은 그 뒤에 바짝 붙어 그들을 따라갔다. 만에 하나 들개를 만난다고 해도 무리와 함께한다는 게 조금은 안심이 되었다. 그들은 사람들이 다니는 등산로를 피해 험한 길로만 내달렸다.

산등성이 몇 개를 넘은 뒤 한갓진 바위에 도착한 그들은 약속이라도 한 것처럼 주위에 널브러졌다. 국영도 헉헉거리며 삐져나온 혓바닥을 늘어뜨린 채 가장자리에 앉았다. 그들의 아지트는 등산로에서 한참 떨어져 있으면서 마을에서도 거리가 있는 계곡 중턱에 있었다. 언뜻 봐선 바위에 가려 틈이 보이지 않는데, 뒤로 돌아가면 서너 평 정도 비를 피할 만한 기막힌 장소가 숨어 있었다. 그 안에는 그들이 물어다 놓은 음식과 모포와 귀중품이 가득했다. 개가 되어서도 제 버릇은 남을 주지 못하는 법이라더니.

진돗개로 보이는 백구와 황구가 다가와 국영의 냄새를 맡으며 말했다.

"아직 개 냄새는 안 나네."

"지는 사람이었을 때도 안 씻던 놈이면서 뭐래!"

"얘는 아직 사람 냄새가 섞여 있으니까 그렇지. 원래 담배도 안 피우고 술도 안 마시는 놈 같아서."

"그런 걸 알아?"

잠자코 대화를 듣고 있던 국영이 묻자 백구가 대답했다.

"괜히 개코겠냐. 좀만 지나면 너도 사람 지나갈 때 아침, 점심, 저녁 메뉴가 뭐였는지 다 알아맞힐 지경이 될걸."

"그럼 개 냄새는 뭔데?"

"있어. 몇 달이 넘어가면 슬슬 나오기 시작하는 진짜 동물 냄새. 계곡물에 아무리 씻어도 사라지지 않는 우라질 누린내 같은 거. 너 아직 한 달 안 넘었지?"

"그 정도 됐을 거야. 세보지는 않았지만."

"원래 집은 어딘데."

"몰라. 기억도 안 나."

어차피 얼마 가지 않아 헤어질 사이인 데다 굳이 사람이었던 시절을 미주알고주알 이야기하고 싶지도 않았다. 그러나 알 바 아닌 사이에도 꼭 짚고 넘어가야 할 게 있었다. 국영의 추측이 맞는다면 이들의 모임은 사람이었던 시절부터 이어진 것 같았다.

"근데 너희야말로 어떻게 만난 거야? 대장이랑 너희는 원래부터 알던 사이 같은데."

"여기 원숭이랑 허스키는 아니지만, 대장이랑 우리 둘은 같은 가출 팸이었어. 며칠 간격으로 거의 비슷한 시기에 동물화되더라고. 대장이 먼저 개가 되고 우리가 차례로. 씨발, 종도 같고, 웃긴 일이지."

"허스키는 나중에 합류했다 치고 저 원숭이는?"

"아, 쟤? 좀 웃기게 만났어. 장터에서 이상한 장사꾼한테 걸려서 쇼하고 다니는 걸 풀어주고 데려온 거야."

그 말에 나무를 타던 원숭이가 바닥으로 내려와 진돗개 두 마리의 귀를 잡아당기며 소리쳤다.

"내 얘기 하지 말랬지!"

원숭이가 할퀴고 귀를 물어뜯자 진돗개 두 마리도 당해내지 못했다.

"아, 알았어. 알았다고."

"……저기, 내가 먼저 물어봤어."

그 말에 원숭이가 사나운 표정으로 국영을 돌아보았다.

"남 일이 왜 궁금한데!"

"개랑 원숭이랑 같이 있는 게 희한해서."

"칫, 난 늑대같이 생긴 네가 들개랑 어울리는 게 더 이상하다."

원숭이가 입을 삐죽이며 뾰로통한 표정을 짓는 모습을 본 순간 국영은 자신이 놓친 게 무엇인지 알 듯했다. 동물적 감각이랄 것까지는 아니지만 국영은 원숭이가 여자아이라고 확신했다. 그런 생각이 들었기에 먼저 사과했고 거친 말을 쓰지 않으려 노력했다.

"아, 미안. 괜히 물어본 거면 사과할게."

국영의 말에 진돗개들은 별 시답잖은 놈을 본다는 얼굴이었지만 원숭이는 좀 화가 누그러진 듯 돌아앉았다.

"근데 너 이름이 뭐야?"

"얘들은 몽키라고 불러."

"원래 이름은?"

"꼰대야? 그딴 게 왜 궁금한데? 너도 네 이름 함부로 알려주지 마. 여기선 원래 이름으로 부르는 애들 하나도 없어. 천년만년 이 꼴로 살 거 아니면 네 이름 말하지 말라고. 그냥 별명 하나 지어서 말해."

"……그런 거 젬병인데."

"젬병이 뭐야? 염병 같은 거야?"

"형편없다고. 우리 아빠가 자주 쓰는 말."

"……넌 웃긴 애야. 미안하다고 사과하고, 욕 대신 영감탱이들이나 쓰는 이상한 옛날 말이나 쓰고."

국영은 몽키의 말을 듣자 누군가가 떠올라 씁쓸한 생각이 들었다.

다음 날 국영이 사냥 대열에서 낙오되거나 대장의 명령을 알아채지 못할 때마다 몽키가 다른 개들 몰래 힌트를 주어 도왔다. 그 덕에 몇 번의 실수를 티 나지 않게 넘어갈 수 있었다. 반나절 동안 그들을 쫓아다니다 보니 국영은 사냥이 어떻게 이뤄지는지 대충 짐작이 갔다.

농사일하는 시골집에는 농번기에 맞춰 목돈이 있는 경우가 많았는데 주로 장판 밑이나 장롱 위에 돈을 숨기는 경우가 빈번했다. 그걸 귀신같이 찾아내는 게 몽키였다. 몽키 말에 따르면 시골집에 있는 돈은 신발 벗는 데서 제일 먼 곳에 숨겨져 있을 가능성이 크다고 했다. 집 안에서 가장 깊숙한 곳에 가장 큰돈이 있다는 논리는 매번 들어맞았다.

이번에 턴 집은 마을 이장 집이라 그런지 금붙이 몇 개와 수백은 되어 보이는 현금 다발을 두둑이 챙겨 다들 한껏 신이 나 있었다.

사냥을 끝낸 뒤 대장은 비닐봉지를 뒤져 작은 족발 하나를 던져주었다. 다른 개들이 앞발로 족발을 잡고 열심히 뜯는 걸 보니 한두 번 해본 솜씨가 아닌 듯했다.

"먹어. 하루 이틀 굶는 게 보통이니 먹을 수 있을 때 먹어둬."

그러고서 대장은 무언가를 골똘히 생각하는 표정이었다.

"신입, 집을 나온 지는 좀 됐을 테고 가출 팸으로 산 지는 얼마나 됐어?"

대장은 국영이 집을 나온 가출 소년이라는 사실을 진작에 눈치채고 있었다.

"얼마 안 됐어."

"그래, 가출 팸에서도 살았던 네가 들개 팸에서 살지 말라는 법은 없지. 우리도 패밀리라면 패밀리야."

"……어차피 사람으로 돌아가면 뿔뿔이 찢어지잖아."

"너, 개가 된 우리의 공통점이 뭔지 알아? 모두 집구석이 엉망이라는 거. 어려서부터 자기 밥벌이는 자기가 해오던 놈들이라는 거. 왜 보통 애들이 동물원에서나 볼 만한 특별한 동물이 되냐면."

대장은 결정적인 걸 숨기는 경향이 있었다. 국영이 눈빛으로 대답을 재촉하자 대장은 남은 족발을 뜯으며 말했다.

"……우리만큼 강하지 못해서지. 사자나 기린 이런 애들은 제 부모 없이 아무것도 못 하던 약해빠진 애들이고 우리 같은 개나 고양이들은 혼자서도 살아남던 애들이거든."

"그게 이유라고?"

"그래, 그게 문제라고. 우리는 집에서 부모가 차려주는 밥 먹으면서 자란 배부른 애들이 아니니까 들개가 된 거야."

대장의 말은 비참한 바닥을 더욱 바닥으로 떨어뜨렸다.

"한 일 년 지켜보니 알겠더라고. 집밥 먹는 애들은 사자, 곰, 카나리아, 쿼카 이런 이름 좋은 애들이 되고 우리처럼 길거리를 전전하는 애들은 동물화가 되어서도 길거리 동물이 되더라. 참, 아귀가 딱딱 들어맞게 말이지."

맞는 말처럼 들렸지만 지금의 동물화는 달랐다. 부모님의 사랑을 받고 자라온 아이들이 평범한 개나 고양이가 되는 경우도 있었다. 그 순간 의구심이 들었다. 국영은 이들이 동물화가 된 지 벌써 일 년이나 되었다는 사실이 믿기지 않았다. 어느 곳을 다녀도 이렇게 긴 동물화를 겪고 있는 아이들을 만난 적은 없었다.

"어차피 사람으로 돌아가도 우리는 길거리 신세야. 근데 들개로 머물면서 세력을 키우고 총알을 준비해 돌아간다면? 사람으로는 할 수 없지만 이 몸으로는 할 수 있는 일이 많지."

국영은 잠깐이었지만 흔들렸다. 대장의 이야기에는 분명 일리가 있었다.

다시 사람이 된다 한들 길거리를 전전하며 가출 팸을 찾거나 돈을 뜯기고 맞는 일은 계속될 텐데. 차라리 대장의 말처럼 거리낄 것 없는 들개의 모습으로 뭔가를 이룬다면 이야기가 달라진다는 희한한 논리에 혹하는 마음이 생겼다.

"그래서 그런 걸 모으는 건가? 집밥 먹는 애들보다 더 강해지려고."

"동물이 된 다른 애들이야 다시 사람으로 돌아가도 반겨줄 사람이 있지만 우리는 아니니까 벌 수 있을 때 바짝 벌어야지."

"나를 여기 데려온 게 머릿수 때문만은 아닌 거네."

"새끼, 똑똑하네."

"그래서 나한테 원하는 게 뭐야?"

"우리 패밀리에 입단해. 들개일 때도 사람일 때도 늘 울타리는 필요한 법이잖아. 내가 지켜줄 테니까 너는 내 밑에서 살아남기만 하면 돼."

"대가는?"

대장은 치석이 잔뜩 낀 누런 이를 드러내며 말했다.

"힘 그리고 돈."

'당장 필요한 건 치석 제거용 개껌 같은데.'

국영은 사람도 아닌 놈이 돈을 물어오라는 게 어이가 없었다. 이 동물화가 언제 끝날지, 끝나기는 할지 모른다는 건 저나 나나 같은 신세건만 대장은 자신이 원한다면 언제든 다시 사람이 될 거라는 강한 믿음을 가지고 있었다.

"우리는 언제든 다시 사람이 될 수 있지. 그래서 들개인 동안에 우리가 할 수 있는 최대치를 만들어놓을 거야. 거기에 가장 큰 걸림돌이 하나 있어."

국영은 대장이 하려는 말이 짐작이 갔다.

"나머지 진짜 들개들을 처리하지 않으면 내내 쫓겨 다니는 꼴이야. 그래서 녀석들을 먼저 칠 거야. 솔직히 말해서 더 많은 팀원이 필요해. 진짜 들개 무리는 여섯 마리 정도인데 우리는 이제 겨우 넷이야. 걔들은 진짜 개니까 물어뜯고 싸우는 데에 익숙하지만 우리는 아직 완전히 그 수준은 아니니 더 강해지려면 머릿수를 채울 수밖에."

대장의 솔직한 이야기는 또다시 국영의 마음을 흔들었다.

"할래?"

국영은 입을 다물었으나 이상하게도 침묵은 긍정이 되고 말았다.

"그래, 좋아. 떠나겠다고 하면 보내주고 남겠다고 하면 남고. 뭐든 네가 원하는 쪽으로 해."

그러나 짚고 넘어가야 할 점이 있었다. 대장이 다시 사람으로 돌아간다는 전제는 시기도 가능성도 모두 불확실했다. 다른 아이들은 모두 다 함께 손에 손을 잡고 사람이 될 거라 믿어 의심치 않았을지 몰라도 국영은 아니었다. 확실한 것은 아무것도 없었다.

"넌 원해서 들개가 됐냐? 사람으로 돌아가고 말고도 우리 생각대로 되겠냐고."

"난 비밀을 알아."

"다시 사람으로 돌아가는 비밀?"

"그 반대. 계속 들개로 남는 비밀. 사람이 되려고 하면 지금이라도 당장 돌아갈 수 있는데 들개로 남아 있는 건 우리 선택이거든. 내 말만 잘 들으면 우리는 같은 날 사람이 될 수 있어."

그 말을 듣는 순간 국영은 오스스 소름이 돋아올랐다.

국영은 대장이 무리를 통솔하는 비밀을 알 것 같았다. 허황된 믿음으로 아이들을 휘어잡고 제 발아래 두면서 그 믿음으로 마음을 흔드는 녀석. 마치 사이비 교주인 양 아이들을 조종하는 녀석의 실체를 엿보자 열어서는 안 되는 판도라 상자에 손을 올린 듯한 기분이었다.

그러나 국영은 그렇게 하겠다고 고개를 끄덕였다. 만약 두목의 말이 사실이라면 그 비밀을 알아낼 때까지 이곳에 머무르다가 혼자 떠나기로 마음먹으며.

국영이 합세하자 들개 무리는 다섯 마리가 되었다.

다섯이 되자 녀석들은 지금까지의 사냥 습관을 버리고 더 대담하게 인가 주변을 돌아다녔다. 그들이 한 번씩 인가를 훑고 다닐 때면 사람들은 겁을 먹고 집 밖으로 나오지도 못했다. 동물화된 사자 한 마리보다 들개 다섯 마리가 더 위험하다는 것을 사람들은 본능적으로 알아차렸다.

그들은 단순히 음식을 훔쳐 먹고 귀중품이나 돈을 훔치는 데 그치지 않고 가만히 있는 집개나 길고양이들을 물어 죽이기까지 했다. 무리의 맛에 길든 그들은 아무렇지 않게 살생했다. 국영은 아직 직접 가담하지는 않았으나 먼발치에서 보는 것만으로 역겹고 두려웠다.

그들은 자신들을 쫓아내거나 신고하는 사람이 있으면 어떤 식으로든 그 사람을 찾아내어 그 집의 뭔가를 죽이거나 망쳤다. 그들이 지능적으로 움직인다는 게 알려진 뒤로 사람들은 함부로 들개 무리를 건드리지 못했다.

그들이 숨기고 있던 본모습을 확인한 국영은 이들이 사람으로 돌아간다 해도 달라지지 않을 거라는 생각이 들었다.

며칠 뒤 허스키가 옆 동네로 마실을 떠나며 몽키를 짐짝처럼 국영에게 넘기자 아지트에는 몽키와 국영 둘만 남게 되었다. 몽키는 투덜거리며 혼자 먹으려고 숨겨두었던 사탕이나 과자 같은 것들을 국영에게 나눠주었다. 그리고 어색한 듯 삐죽거리며 질문을 던졌다.

"넌 사람이 되면 뭐부터 하고 싶어?"

"글쎄……. 당장 내일도 뭘 할지 모를 판에 그것까지 걱정할 힘은 없는데. 넌 하고 싶은 게 있어?"

"있지. 난 사람 되자마자 동물원에 갈 거야."

"왜?"

"동물원에 있었을 때 나 물어뜯고 할퀴었던 놈들 찾아가서 밖에서 돌 던질 거야! 얼굴도 다 기억해."

"너 동물원에도 있었어?"

"정신 차리고 보니 거기에 끌려갔더라고. 토종 한국인인 나를 일본원숭이로 분류해서. 사람들은 내가 사람이라는 걸 모르는데 원숭이들은 내가 사람이란 걸 귀신같이 알아봐. 와서 몇 번 쿡쿡 찔러보더니 꺅꺅거리며 놀라는 거야. 그러더니 다음 날부터 괴롭히기 시작하더라. 어찌나 못살게 구는지 밥도 제대로 못 먹었는데 결국 사육사가 먹을 걸 따로 챙겨줄 정도였어."

몽키의 눈에 그렁그렁한 눈물방울이 맺혔다. 마음고생, 몸고생이 심했던 모양인지 연신 눈물을 훔쳤다.

"그 원숭이들에 비하면 저 들개들은 그나마 말은 통하잖아. 진짜 동물 새끼들은 인정사정이고 뭐고 없어. 따돌림? 그게 사람만 하는 건 줄 알아? 자기들이랑 조금만 이상하면 따돌리고 괴롭히는 거, 그거 그냥 살아 있는 모든 것의 본성이야."

국영은 젤리 하나를 입에 물어 몽키의 손 앞에 내밀었다.

몽키는 손을 뻗어 젤리를 입에 넣고 오물거리면서 나뭇잎에 코를 풀었다.

"그만 잊어. 찾아가서 돌 던지면 조금 분은 풀려도 네 생각처럼 시원하지는 않아. 오히려 찝찝하지. 그리고 남들이 준 쓰레기는 껴안고 있는 게 아니랬어. 우리 아빠가."

그 말에 몽키는 손에 들고 있던 코 푼 잎을 땅에 던졌다.

"그 쓰레기 말고."

"그럼 뭐."

"원숭이든 사람이든 다른 누군가가 준 욕이나 괴롭힘 같은 쓰레기들. 그거 안고 있어봤자 냄새만 나고 아무 쓸모도 없잖아. 쓰레기는 원래 쓰레기 주인한테 돌려주는 거야."

"……씨, 넌 좋겠다. 그렇게 좋은 말해주는 아빠도 있고."

"뭐, 술만 마시지 않으면 좋은데."

몽키는 잠시 주위를 둘러보더니 낮은 목소리로 말했다.

"신입, 너 떠날 거지?"

"왜?"

"난 알아. 너 지금은 함께 있지만 곧 떠날 생각인 거. 근데 떠날 거면 빨리 떠나. 네가 능력을 인정받을수록 대장은 널 놓아주기 힘들 거야. 기회가 있을 때 도망쳐. 그리고 너 떠날 때 나도 데려가 줘."

"널?"

"난 재들의 동물화가 끝날 때까지 문을 따고 코드를 뽑고 지갑을 훔칠 운명이야. 근데 사람으로 돌아가도 달라질까. 난 사람이었을 때도 어떤 문이든 다 열었거든. 어떤 식으로든 다시 옭아매겠지."

"대장이 널 놔주지 않으면?"

"그때는 이판사판이야. 어차피 대장이 돈을 숨겨두는 곳을 아는 건 나밖에 없어. 땅에 파묻은 건 일부이고 진짜는 다른 들개들의 주둥이가 닿지 않는 높은 곳에 있어. 대장은 내가 한곳에 돈을 다 숨겼다고 생각하겠지만 천만에. 나도 내 금고를 만들어뒀거든. 내가 꺼내지 않으면 대장도 찾지 못하는 곳이야. 그걸로 흥정하면 결국 대장도 날 놓아줄 수밖에 없어."

"넌 대장이 말한 비밀을 알아?"

"몰라. 그딴 거 몰라도 좀 지나다 보면 사람이 되겠지. 난 그냥 평범한 사람으로 살고 싶어."

국영은 들개 대장이 그리 호락호락하게 몽키를 보내주리라 생각되지 않았다. 자신 혼자 떠나는 것은 기회를 엿봐 가능한 일이지만 몽키를 데리고 도망치는 것은 어려운 일이었다. 그러나 간절한 부탁을 외면할 수는 없었다.

며칠 뒤, 다른 들개 무리에게 종일 쫓긴 들개 패밀리는 피곤함에 일찍 곯아떨어졌다. 지금이 기회라고 생각한 국영은 몽키에게 신호를 보냈다. 몽키는 조용히 나무에서 내려와 국영의 등에 업혔고 국영은 다른 들개가 깰세라 조심하며 아지트를 빠져나왔다.

국영은 몽키가 가리키는 방향으로 내달렸다. 한참을 달리다 보니 마을로 내려가는 길이 아니라 다른 들개들이 있는 산으로 가는 길임을 알아차렸다. 가파른 벼랑 아래에 뚝 멈춰선 국영은 몽키에게 물었다.

"왜 이쪽으로 오자고 한 거야?"

"재들이 못 쫓아올 곳이야. 그리고 여기에 그 돈이 숨겨져 있어. 너랑 나랑 반반씩 나눠 가지면 된다고."

"지금은 안 된다고 했잖아. 나중에 사람이 됐을 때 찾으러 오라고, 조금이라도 더 멀리 도망쳐야 한다고 몇 번을 말했는데."

"사람이 되면 영원히 저 돈 못 꺼내. 내가 원숭이이기 때문에 저기 숨겨둘 수 있는 돈이라고."

"너 진짜!"

두 사람이 옥신각신하는 사이에 포위망을 좁히며 다가오는 기운이 있었다. 예전의 국영이라면 몰랐겠지만 조금씩 들개의 생활에 젖어든 지금은 그 위험을 똑똑히 감지할 수 있었다. 대장은 애초부터 국영과 몽키가 도망칠 것을 알고 있었다. 누군가가 조용히 뒤를 밟은 것을 눈치채지 못한 건 국영의 실책이었다.

어스름 새벽녘에 주위가 밝아오며 어둠 속에 몸을 숨기고 있던 들개들의 모습이 드러났다.

"고맙다, 신입. 덕분에 몽키가 숨긴 주머니를 찾아냈네."

몽키는 사나운 이빨을 드러내며 분노했다.

"웃기지 마! 이건 내가 정정당당하게 모은 내 돈이야!"

"어이, 신입이 말해봐! 몽키가 돈을 따로 숨겨둔 곳이 있다고, 자기를 데리고 가면 그 돈의 절반을 주겠다고 그랬어?"

"……"

"순진하네. 지금까지 여기 들어온 신입들이 그런 식으로 몇 번이나 당했을 거 같냐."

"거짓말하지 마!"

애초에 돈 때문에 몽키를 데리고 나온 것도 아니었기에 국영은 대장의 말에 흔들리지 않았다.

"난 돈 받겠다고 한 적 없어. 그리고 네가 그랬잖아. 들어오고 나가고는 내 마음이라고."

"네가 나가는 건 네 마음이지만 등에 뭘 달고 가지는 못해. 몽키 내려놔."

"얘도 사람이야. 떠나고 싶다고 하면 보내줘."

"사람? 여기서 지금 누가 사람이지?"

"난 차라리 개로 살면 살았지, 너네처럼 살고 싶지 않아."

"그래? 근데 넌 진짜 개로 사는 세상을 모를 텐데."

"이보다는 낫겠지."

"겨우 한두 달짜리 애송이가 진짜 개의 삶을 안다고? 넌 개든 사람이든 진짜 밑바닥이 뭔지 몰라. 죽기 싫으면 비켜! 널 살려줄지 말지도 아직 고민 중이니까."

그 말에 몽키가 화를 내며 말했다.

"대장이야말로 생각이란 걸 하시지! 네가 여기 있는 나머지 개들한테 숨기고 있는 비밀을 내가 알고 있어. 그걸 여기서 터뜨리면 너야말로 끝장이니까!"

그 말에 대장의 표정이 험악하게 찌그러졌다. 몽키는 물러서지 않고 말했다.

"너희 개들의 최대 단점이 뭔지 알아? 이 손가락이 없다는 거! 손가락이 없어서 내가 보여준 주머니에 든 게 똥인지 돈인지도 구분 못 하잖아. 아지트 구덩이를 주둥이로 파보고 앞발로 파헤쳐 본들 그게 뭔지나 알겠어? 아무것도 모르는 이 멍청한 신입 놈도 그게 뭔지 모르는데 너희라고 알겠냐고!"

국영은 기가 막혔다. 이들의 싸움에 자신이 끼어들어 놀아나는 기분이었다. 국영의 등을 떠나 폴짝 나무 위로 올라간 몽키는 아래를 내려다보며 소리쳤다.

"돈 찾고 싶으면 쫓아와 보시든가."

그 말을 남긴 뒤 수풀 속으로 달아나는 몽키의 뒤로 추격조가 따라붙었다. 몽키가 정상 쪽으로 달아나자 허스키와 두 진돗개가 돌격 대형으로 방향을 바꿔 뒤를 쫓았다. 대장은 떠나기 전에 국영에게 이빨을 드러내며 경고했다.

"다시 내 눈에 띄면 그때는 죽는 날이다. 몽키가 기껏 벌어준 시간에 꽁지 빠지게 도망이나 가."

국영의 눈에 2미터 정도 위에 있는 벼랑 틈 사이에 조그만 돈주머니가 박혀 있는 게 보였다. 위를 올려다봤다면 충분히 보였을 높이였지만 녀석들의 시선은 늘 움직이는 것에만 머물렀다. 사람에게서 멀어진 들개들의 눈은 바로 눈앞에 있는 돈주머니조차 찾지 못했다. 국영은 주머니를 그대로 두고 산에서 내려왔다.

의문의 동물,
라텔

국영은 쉬지 않고 내달렸다.

녀석들이 헤집고 다니는 마을에서 멀리 떨어진 곳으로 방향을 정했다. 어차피 떠돌이 개로서 안전한 곳은 없지만 되도록 무리를 만나지 않는 것이 안전할 듯했다. 괜히 녀석들과 동선이 겹쳐 그놈들이 저지른 죄까지 뒤집어쓰면 사람들에게 맞아 죽을 수도 있겠다는 생각에서였다.

국영은 인적이 뜸한 다세대주택들이 모여 있는 곳을 돌아다니며 먹을 것을 훔쳐 먹고 차고의 귀퉁이에서 잠을 잤다. 몸은 고되었으나 마음은 아주 살짝 편했다.

몇 날 며칠을 떠돌다 보니 국영은 자신도 모르게 경기도 어느 소도시의 재래시장 인근까지 흘러오게 된 것을 알았다.

시장이라 사람들이 버리는 음식 쓰레기가 넘쳐났고, 개중에는 먹을 만한 과일도 오랜만에 찾을 수 있었다.

어떤 가게 앞에는 아예 삶은 고기가 통 위에 올려져 있었다. 국영은 고기를 본 순간 폭발하는 허기에 이성이 마비되었다. 주위를 둘러보지도 않고 허겁지겁 고기를 뜯어 먹기 시작했다. 그러나 몽키의 말처럼 여전히 개로서의 본능이 살아나지 않은 상태였다.

국영은 등 뒤로 다가오는 발걸음을 눈치채지 못했다.

정신을 차리고 보니 제 목에는 막대가 달린 포획용 목줄이 걸려 있었다. 막대를 붙잡고 있는 우악스럽게 생긴 사내가 보였다. 국영이 발버둥 치자 주변에 있던 사람들이 몰려들어 힘을 보탰다.

"김 씨, 당겨! 당겨!"

"가게 안에 입마개 있는데 그거 좀 가져다주세요. 이놈이 떠돌며 살아서 그런지 사람 무서운 줄 몰라서 입질이 장난 아닙니다."

"얼씨구? 가게 개가 아니었어?"

"장사 이십 년 만에 이런 일은 처음이네요."

"지금 저놈이 영양탕집을 제 발로 찾아왔다는 건가? 아이고, 김 사장 오늘 횡재했네."

술이 얼큰하게 오른 남자 하나가 다가와 국영의 옆구리를 걷어차며 훈수를 두었다.

"근데 좀 말랐네. 바로 잡지 말고 계속 먹여야겠어."

"그래야죠."

"사람이나 개나 무식하면 이런 인생이지. 저놈도 글을 알았으면 이 집이 영양탕집인 줄 알고 꽁지 빠지게 도망쳤을 텐데 말이야."

계속 조여오는 목줄 때문에 국영은 혓바닥이 늘어지고 눈앞이 캄캄해졌다. 흐릿한 시야로 주변을 둘러보다가 뜬장 안에 있는 개 한 마리와 눈이 마주쳤다. 그리고 조금 전까지 자신이 먹었던 고기를 되돌아보았다.

'내가 먹은 게 개고기였다고?'

스스로 죽을 자리를 찾아왔다는 걸 안 순간 국영은 대장이 했던 말이 떠올랐다.

'넌 진짜 개로 사는 세상을 몰라.'

대장은 이 모든 걸 예상하고 있었기에 국영을 붙잡지 않았다. 어차피 얼마 못 가 진짜 개로 죽을 것을 알았기에.

한참 만에 정신을 차리고 보니 눈앞에 촘촘한 쇠창살이 보였다. 가게 뒤에 있는 뜬장인 듯했다. 그곳에는 죽기만을 기다리는 개들이 철창 안에 빼곡히 들어차 있었다. 국영과 살을 맞대고 있는 녀석은 누런 도사견이었다. 그들은 하나같이 생기 없이 두려움에 가득 찬 눈빛이었다. 국영은 조심스레 말을 걸

어봤다.

"저기, 혹시 말을 할 수 있는 사람 있어요?"

아무런 반응이 없었다.

어림잡아 다섯 마리의 개 중 사람인 것은 자신뿐인 듯했다. 만약 이 상태로 잡아먹힌다면 저들은 개가 아닌 사람을 잡아 먹는 살인자가 된다. 국영은 다시 소리쳤다.

"살려주세요! 난 사람이에요! 개가 아니라 사람이라고요!"

아무도 들을 수 없는 소리였다. 그리고 듣는다 한들 국영을 구할 수 있을 만한 동물화 아이들은 애초에 개 시장으로 악명 높은 그곳에 발도 디디질 않았다.

차라리 들개 무리에 있었다면 이렇게 억울한 죽임을 당하지는 않을 텐데. 국영은 처음으로 집이 그리웠다.

곰팡이 핀 반지하 단칸방. 늘 술에 찌든 아빠와 열아홉에 집을 나간 누나. 무엇 하나 제대로 된 게 없던 그 집이 그리웠다. 세상 어떤 곳도 그 반지하보다는 나을 것이라 생각했는데 그 초라한 울타리조차 울타리이긴 했다는 걸 너무 뒤늦게 깨달았다.

국영은 자신이 죽어 개소주가 된 걸 아무도 모를 것이라는 사실이 슬펐다.

이틀에 한 번꼴로 개 한 마리가 꺼내져 가게 근처 도살장으로 끌려갔다. 피가 튄 앞치마를 입고 돌아온 주인은 커다란 고무대야에 선홍색 고기들을 담아 다시 가게 안으로 들어갔다. 가장 마지막으로 들어온 국영에게는 길어야 이틀 남짓의 시간이 남았을 것이다. 국영은 주인이 가게 문을 닫고 집으로 돌아가는 밤이 되면 입이 헐 때까지 쇠창살을 물어뜯었다. 가뜩이나 좁은 우리 안에 다른 개와 함께 있어 움직이는 것조차 힘든 상황이었지만, 어떻게든 문을 열고 탈출하기 위해 애를 썼다.

그렇게 며칠이 지나자 먼저 들어온 네 마리의 개가 사라지고 철창에 새로운 개 네 마리가 들어왔다. 가게 주인은 네 번째 개를 빼내 가면서 국영의 뒷다리를 만져 뭔가를 가늠하더니 흡족한 표정을 지었다.

날은 계속 무더웠다. 7월 중순이었다. 복날이 가까워졌음을 아는 것은 국영이 유일했지만 죽음에 대한 공포는 모든 개가 느끼고 있었다.

국영은 미친 듯이 쇠창살을 물어뜯었다. 그러나 아무것도 달라진 것이 없었다. 당장 내일이면 자신의 차례가 될 것이란 생각이 국영을 더욱 미치게 했다. 늦은 밤, 국영은 울부짖으며 쇠창살에 머리를 찧어댔다. 눈물과 혼잣말이 끝없이 흘러나오며 서러움이 불거졌다.

"다시 사람이 되면…… 그렇게 바보같이 살지는 않을 거야. 나만 거지 같다고, 교복이 거지 같다고 아빠한테 화낸 거 정말 잘못했어."

쇠창살을 물어뜯느라 찢어진 입안에서 피 맛이 느껴졌다. 사람의 피 맛과 다를 바 없는데 나는 왜 여전히 들개일까 하고 생각하며 국영은 고개를 숙였다.

"……그래서 고작 교복이 거지 같다고 집을 뛰쳐나온 거야?"

사람의 목소리였다. 국영은 제 귀를 의심하며 주위를 두리번거렸으나 사람의 그림자조차 보이지 않았다.

"뭐, 뭐야? 귀신이야?"

"위만 보고 사시네. 밑을 봐봐."

그곳에는 족제비처럼 생긴 이상한 동물 한 마리가 국영을 올려다보고 있었다.

"넌 뭐야?"

"말을 하는 걸 보면 모르겠어? 나도 동물화된 사람이지. 뒷골목을 지나는데 하도 발광하는 소리가 들려서 와봤더니 영양탕집에 잡힌 개였네."

"나 좀 살려줘!"

"살려주는 건 내 맘인데 그보다 먼저 질문부터. 너 정말 바보같이 살지 않을 거야?"

"……."

국영은 막상 그 질문에 대답하려니 망설여졌다. 바보같이 살지 않겠다고 다짐해도 줄곧 세상은 자신을 바보로 만들어

버렸기 때문이다. 술꾼 아빠처럼 술이나 마시며 곰팡이 핀 반지하에서 살아가지 않을 거라고 다짐한들 세상이 국영을 달리 볼까.

허리 디스크를 치료받는 대신 소주로 고통을 달래며 잠을 청하던 아빠가 알코올중독자가 된 걸 이해하는 건 세상이 아니라 국영이었다.

"넌 몰라."

"나야 널 모르지."

"세상은 정말 개같아! 밑바닥에선 헤엄조차 칠 수 없다고. 돈도 많고 건강한 부모님이 만들어준 수영장에서 살아가는 애들은 접싯물에서 죽어라 헤엄치는 내 기분을 절대 이해하지 못한다고."

"……그래서 접싯물에 코를 박고 죽겠다는 거네?"

국영은 조그만 족제비 같은 녀석이 자신을 놀린다는 생각이 들었다.

"꺼내줄 거야, 말 거야?"

"아직 대답 안 했잖아. 바보같이 살지 않을 거냐고."

"……그래도 딱 하나는 안 할 것 같아."

"뭘?"

"우리 아빠 원망."

녀석은 눈을 반짝이며 뜬장 앞으로 다가왔다.

"뭐, 그 정도면 사람 다 됐네. 비켜봐."

가까이 다가온 녀석은 생각보다 체구가 작았다. 고양이보다는 큰 편이었지만 고양이도 아니고 너구리도 아닌 신기하게 생긴 동물이었다. 이런 일이 익숙한지 녀석은 잠금장치가 이중으로 되어 있는 자물쇠를 요령껏 풀며 뜬장의 문을 열었다. 국영은 뜬장에서 폴짝 뛰어내리다 바닥에 고꾸라졌다. 며칠 동안 옴짝달싹 못 하며 한자리에만 갇혀 있었던 탓에 다리가 굳어 있었다.

"잠깐만"

국영은 자신도 모르게 녀석을 불렀다.

"뭐, 다리라도 주물러 달라고?"

"아니, 쟤들도 풀어줘."

"놔둬. 쟤들은 시간이 더 필요해."

"왜?"

"내가 이 문 열어준 게 처음은 아니거든."

녀석의 말대로 문이 열린 걸 봤음에도 다른 개들은 미동도 하지 않으며 그 안에서 나오지 못하고 있었다. 오들오들 떨고 있는 모습을 보고 있자니 국영은 측은한 마음이 들었다. 그러나 다른 개들도 곧 용기를 내어 조심스레 철창을 탈출하리라 믿었다. 이 족제비 같은 녀석이 하는 말은 왠지 모르게 신뢰가 갔다.

"시장통으로 가면 사람들이랑 마주칠 수 있으니까 따라와."

국영은 녀석의 꽁무니만을 쫓아 시장을 빠져나왔다. 뒷산을 타고 안전한 곳으로 갈 때까지 녀석은 쉬지 않고 달렸다. 달리는 것은 어려운 일이 아니었지만 오랫동안 갇혀 있었던 탓에 체력적으로 힘에 부쳤다.

녀석은 사람이 보이거나 다른 동물의 기척이 느껴지면 재빨리 다른 길을 찾아냈다. 이 구역을 제 손바닥처럼 들여다보는 듯 요리조리 날쌘 다람쥐같이 움직였다. 녀석은 가끔 뒤를 돌아보며 국영이 잘 따라오는지 확인하며 달렸다.

그렇게 한 시간 남짓 달려 도착한 곳은 어느 시골 마을이었다.

익숙하게 어느 집 마당으로 들어선 녀석은 곧장 창문으로 들어가 부엌문을 열더니 접시를 뒤지기 시작했다. 한 가지 이상한 점은 접시마다 일부러 차린 듯한 음식들이 가득했는데, 그 접시를 랩으로 씌워두지 않고 스테인리스 그릇을 뒤집어 씌워놓았다는 점이다. 덮어둔 그릇을 열 때마다 쨍그랑 소리를 내며 그릇들이 부엌 바닥에 나뒹굴었다. 그래도 녀석은 아랑곳하지 않았다. 오히려 스테인리스 그릇들을 발로 쳐냈다.

국영은 혹시 사람이 깨서 나올까 봐 부엌 안으로 발도 들이지 못한 상태였다. 그때 방문이 열리고 잠이 덜 깬 여자 하나가 걸어 나오며 구시렁거렸다.

"이놈의 새끼, 밤이면 들어오라니까 이게 또 며칠 만이야!

어? 친구를 데려왔어?"

국영은 그제야 이곳이 녀석의 집임을 알았다. 음식을 덮어 놓은 스테인리스 그릇을 요란하게 내던진 것은 나름의 귀가 신호였다. 음식을 먹던 녀석은 무심하게 국영을 바라보며 말했다.

"와서 먹어."

국영은 꼬리를 감추고 조심스레 다가가 음식을 먹다가, 하품하며 소파에 앉은 여자의 눈치를 보며 녀석에게 말을 걸었다.

"저 사람은 누구고, 여긴 어디야?"

"우리 누나, 우리 할머니 집."

그 말은 긴장했던 마음을 풀리게 하는 마법과도 같았다. 국영은 접시에 코를 박고 허겁지겁 밥을 먹었다.

"근데 넌 왜 아무것도 안 물어봐?"

"뭘 물어봐야 하는데?"

"이름이 뭐냐, 나이가 어떻게 되냐, 학교는 어디 다니냐."

"안 궁금해."

"……안 궁금하다고?"

"말하기 싫은 사람 입 억지로 털고 싶지 않아. 네 울타리는 네가 열고 나와."

국영은 말문이 턱 막혔다. 녀석의 말이 옳았다. 국영은 제 주변에 울타리를 둘렀다. 다른 사람에게 다가가지도 않고 다른 사람도 들어올 수 없게. 그러나 눈앞의 녀석은 잠긴 울타리를 처음으로 열게 했다.

"나는, 현국영이야."

녀석은 손뼉을 짝 치며 말했다.

"봐, 가만 있으면 저절로 열리잖아. 자, 다음은 나이."

국영은 피식 웃음을 흘리면서도 잠시 제 나이를 꼽아보았다. 학교를 그만둔 뒤 나이를 떠올리며 살지 않은 탓이었다.

"……올해 열여섯."

"뭐? 나보다 어리네. 앞으로 형님이라고 불러."

사람이라면 외모로 짐작할 수 있겠지만 동물의 외형으로 나이를 짐작하기는 불가능했다. 우기는 대로 부를 수밖에 없지만 어쨌든 자신을 구해준 생명의 은인인 건 사실이니 녀석을 형님으로 부른다 해도 억울하지는 않았다.

"근데 형, 형은 무슨 동물로 변한 거야?"

"맞춰봐."

"고양이는 아닌 것 같은데. 너구리도 아니고."

녀석은 킥킥대며 웃었다. 사람들이 자신을 오해하는 걸 즐기는 쪽인 듯했다.

"나는 수입종이거든. 한국에서 흔하게 볼 수 있는 동물은 아니야. 아마 동물화 아이들 중에서도 유일할걸? 혹시 라텔이라고 들어본 적 있어?"

"라텔?"

국영의 기억 속에 없는 동물이었다.

"한국에서는 고라니가 흔하지만 미국에서는 아니잖아. 뭐 그런 셈인 거지."

학교 다닐 때 잠만 퍼질러 자고 게임만 하던 국영은 딱히 동물에 대한 상식이 없었기에 날쌔고 용맹하고 머리가 좋은 라텔이 그저 멋지다고 생각했다.

이 모든 이야기를 사람인 라텔의 누나는 들을 수 없었다. 누나는 입으로는 툴툴거리면서도 그들이 식사하는 동안 물을 가져다주고 등에 묻은 검불을 떼주며 동생을 알뜰히 챙겼다.

뜬장과 꿀꿀이죽에서 벗어나 간만에 사람다운 식사를 하고 포근한 잠자리에 앉은 국영은 라텔과 서로의 이야기를 나눴다. 라텔은 국영이 들개 무리에서 도망쳐 혼자 헤매다가 영양탕집 주인에게 잡힌 이야기를 알게 됐다.

"전국에 들개가 된 애들은 차고 넘쳐. 네 마리면 어중간한 사이즈네."

"내가 있을 때 그랬으니까 지금은 더 늘어났을 수도 있어. 게다가 근처에 이상한 하이에나도 한 마리 있었고."

"하이에나? 어떻게 생겼어?"

"그냥 하이에나처럼 생겼어. 몇 번 마주친 적이 있는데 서로 들개를 피하는 처지라 몇 마디 못 나누고 헤어졌어. 참, 등에 큰 상처가 있었어.”

순간 라텔이 자리에서 벌떡 일어나 앉았다.

“그 녀석 언제 만났어?”

“지난달쯤에. 상처는 곰한테 들이받혔다고 하던데.”

“쳇, 곰 같은 소리 하네.”

“아는 놈이야?”

“아는 놈은 없어. 겪어본 놈만 있지. 그놈이라면 아직까지 사람으로 돌아오지 않았을 리가 없는데.”

라텔은 꼬리로 방바닥을 탁탁 치며 뭔가를 골똘히 생각하고 있었다.

“내가 들개 무리에 들어오기 전에 대장이 그 하이에나를 영입하려고 했었는데, 걔는 그냥 혼자 다닌대.”

“넌 왜 무리에서 빠져나왔는데?”

“온갖 못된 짓을 해대는 게 싫었어. 그놈들은 집밥 먹는 애들이 싫대. 집밥 먹는 애들은 집에서 키우는 예쁜 고양이나 개가 되는 거고, 우리 같은 애들만 들개가 되는 거라고.”

“뭐, 집밥 많이 먹고 라텔이 된 나도 있는데.”

“거기 대장이라는 놈, 나머지 애들 시켜서 동네 개들이나 고양이들 잡아 죽이는 데 맛을 들이더라고. 사람이 될 때까지 돈을 벌자면서 가만히 있는 동물들을 물어 죽였어. 그중에 사람인 애가 있을 수도 있는데.”

"뭐라고?"

라텔은 그 말을 듣는 순간 진심으로 화가 난 얼굴이었다.

"동물화된 애를 죽이는 것도, 집에서 가족처럼 키우는 개나 고양이를 죽이는 것도 다 나쁜 짓이야. 결국 그놈들 짓이었네."

"걔들이 다른 사고도 쳤어?"

"여기서 이십 분 정도 떨어진 친척 집에서 키우던 개가 얼마 전에 죽었거든. 어른들은 멧돼지나 들개가 와서 죽인 거 같다고 했는데 내가 볼 땐 여러 마리가 그런 것 같았어. 작정하고 죽인 거면 진짜 천벌을 받을 놈들이지. 근데 걔들 그대로 두면 진짜 큰일 날 거야."

"왜?"

"그렇게 생명을 죽여댔다간 다시는 사람으로 못 돌아와."

"뭐?"

충격적인 말을 들은 국영은 곧장 들개 대장이 했던 이야기가 떠올랐다. 대장은 계속 들개로 남는 비밀을 알고 있다고 했다. 그게 설마 생명을 죽이면 다시 사람으로 못 돌아간다는 걸 알고 일부러 그런 짓을 한다는 걸까.

"형은 어떻게 그걸 알아?"

"아, 근처에 있는 절의 주지 스님이 말해줬어."

"스님?"

"이유는 잘 모르겠는데 아시더라고. 초창기에 내가 동네 개들을 좀 물고 다녔거든. 하도 나만 보면 짖고 난리를 치니까 살짝 겁을 줬는데 산에서 만난 주지 스님이 그걸 알고 한마디하시더라. 동물인 이상 먹고살기 위해 생명을 죽이는 것은 본성이니 어쩔 수 없는데, 그걸 재미로 하는 순간 동물로 낙인찍히는 거래. 계속 그러다가 다시는 인두겁을 못 쓸 거라고."

국영은 인두겁이 뭔지 물어보려다 왠지 너무 무서운 이야기일 것 같아 입을 다물었다. 대장이 무리를 이끌고 사냥을 나갈 때 자신은 직접 가담하지 않고 다른 개들을 이용해 살생을 저지르는 이유를 비로소 알게 되었다. 다른 애들은 내팽개치고 본인만 사람으로 돌아가겠다? 이런 개같은 놈!

가출 팸에도 그런 인간이 있었다. 돈도 없고 갈 곳이 없어 찾아온 아이에게 성매매를 시키거나 취객 주머니를 털게 해서 본인의 배를 채우는 놈.

그런 놈을 마주칠 때마다 국영은 있는 힘을 다해 도망쳤다. 자신보다 어린아이들이 걱정되기는 했지만 제 한 몸 건사하기도 힘든 처지라고 자신을 위로했다. 하지만 라텔을 만나고 나서부터 점점 부끄러워졌다.

자신보다 덩치도 작고 힘도 약해 보였지만 라텔은 그 어떤 불의를 보고도 물러서지 않았다. 국영은 라텔을 만난 뒤에야 깨달았다. 자신은 늘 도망칠 이유를 찾는 데 선수였음을.

화가 잔뜩 난 라텔의 눈을 본 순간 국영은 더 이상 도망치지 않겠다고 결심했다. 들개 패밀리를 깨부수자고. 무리 안에서 권력을 만들어 아이들을 굴복시키고 이용하고 망가뜨리는 짐승만도 못한 놈은 동물이 된 게 아니라 진짜 짐승이 된 것이다.

그러나 막상 놈들을 어떻게 막아야 할지 앞이 막막했다. 놈들은 넷, 우리는 둘, 심지어 하나는 들개가 아니고 라텔. 체급 차이가 꽤 나는데 2대 4로 덤빌 수는 없는 노릇이었다.

"형, 어떻게 하지?"

"일단 녀석들을 쪼개야 해."

"어떻게?"

"잘 유인해서."

"그다음에는?"

"우리 누나가 잘하는 거 더 잘하게 만들어야지."

"누나가 뭘 잘하는데?"

"이 동네 올무 수집! 난 누나랑 타자 놀이 좀 해야겠다."

라텔은 누나에게 달려가더니 휴대전화를 들어 둘만의 이야기를 나눴다.

라 텔 과
들 개 와
하 이 에 나

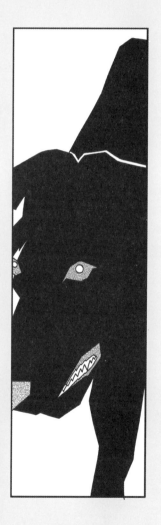

오갈 데 없는 국영은 라텔의 할머니 집에 눌러앉아 주는 밥을 먹으며 체력을 회복했다. 라텔은 매일 밤낮없이 어딘가를 쏘다니며 바쁘게 뭔가를 준비했다.

가족들은 대형견에 속하는 국영에게 목줄을 채우지 않고 넓은 마당을 자유롭게 오갈 수 있도록 했다. 주말이 되어 도시에 사는 식구가 내려오면 온 가족이 산책하러 나가곤 했는데 국영도 끼워주었다.

국영이 라텔의 가족 곁을 지키는 이유는 언제 들이닥칠지 모를 들개 무리 때문이었다. 그러나 예상과 달리 가장 먼저 찾아온 손님은 하이에나였다.

집에 라텔의 엄마와 외할머니만 남아 나물을 다듬고 있는

데 어디선가 나타난 하이에나가 마당으로 뛰어 들어왔다. 녀석은 이곳저곳을 물려 온몸에 피칠갑을 한 채 숨을 곳을 찾고 있었다. 국영은 한눈에 녀석이 전에 마주친 적이 있는 하이에나임을 알았다.

국영은 온몸의 털을 곧추세우고 하이에나를 막아섰다.

"꺼져!"

"뭐야? 또 너야? 잠시 몸만 피할 거니까 괜히 일 키우지 마."

"안 돼! 이 집에서 나가!"

"이 집에 입양이라도 된 거냐?"

"다른 곳으로 가라고 새끼야!"

"들개들한테 쫓기고 있어."

그 말은 국영의 가슴 속에 있는 비상 버튼을 누르게 만들었다. 근처의 들개 무리라면 그놈들이 분명했다. 하이에나 상욱 역시 머릿속으로 계산하고 있었다. 국영이 자신의 편을 들어줄 리가 만무하지만 싸움에 끼어들게만 하면 시간을 벌 수 있었다.

"그 새끼들 이제 말이 안 통해. 애들이 죄다 돌아버렸다고!"

"원래 그런 놈들이었잖아."

"아니! 이제는 누구든 죽이려고만 한다고! 너도 죽을 때까지 물어뜯을 거다."

누구보다 들개 무리를 잘 아는 국영은 하이에나가 자신을 끌어들이는 수작임을 알면서도 동요되었다.

"⋯⋯몇 마리야?"

"다섯 마리."

그새 한 마리가 더 늘었다. 그나저나 라텔도 없는데 큰일이었다. 울타리나 담이 없는 이 집으로 녀석들이 들이닥치는 것은 순식간일 텐데. 앞으로 벌어질 일을 상상하자 국영은 모골이 오싹해졌다. 자신은 몰라도 라텔의 엄마와 외할머니가 다쳐서는 안 된다.

국영은 뒤뜰로 달려가 라텔 엄마의 바짓단을 물고 집 안으로 끌었다.

"어, 얘가 왜 이래?"

"들어가세요, 빨리!"

"무슨 일이야?"

라텔 엄마는 대번에 어떤 일이 벌어지고 있음을 눈치챘다. 국영은 주둥이로 라텔 엄마를 떠밀다시피 집 안으로 밀어 넣었다. 집 밖으로 나오려던 할머니 역시 나오지 못하게 가로막고 현관문을 닫은 뒤 그 앞에 화분을 물고 와 세웠다. 창문으로 밖을 확인하던 라텔 엄마는 어딘가로 전화를 걸기 시작했다.

구석에서 그 모습을 지켜보던 하이에나는 삐죽 조소를 흘리며 말했다.

"진짜 집개가 다 되셨네. 지금 도망쳐도 늦지 않을 텐데."

"그러는 넌? 너도 뭔가 믿는 구석이 있으니까 도망치지 않는 거 아냐?"

"있지, 믿는 구석."

"나한테 엉겨 붙을 생각 마! 난 너 도와줄 생각 없어. 네놈이 흘린 피가 이 집까지 이어져서 내가 여길 두고 도망갈 수 없다는 걸 잘 아니까 너도 여기에 있는 거잖아."

"그래, 저놈들이 이렇게까지 마을 깊숙이 들어오는 게 자주 있는 일이 아니니 난 이참에 저놈들 좀 찢어놨으면 하는 거고. 아까 아줌마가 전화하는 거 같던데, 시간만 좀 끌면 이번에는 잡아넣을 수 있을까 해서."

그 와중에 남의 손을 빌려 들개들을 붙잡을 궁리까지 하는 걸 보니 역시 만만치 않은 녀석이었다.

"너란 놈은 참 만날 때마다 재수가 없네."

"근데 너도 그놈들과 인연이 있는 모양이야. 하긴 천지를 싸돌아다니는 들개가 서로 모를 리가 없겠지."

"잔말 말고 주변이나 살펴."

"긴장할 거 없어. 기다리면 알아서 잘 찾아올 거야."

멀리서부터 다가오는 기적 소리처럼 동네 개들이 짖는 소리가 점점 가까워지기 시작했다. 짖는 소리 사이에 개들이 깽깽대거나 비명을 지르는 소리가 섞여 있었다. 들개들이 바로 하이에나를 쫓았다면 벌써 이 마당에 도착했겠지만, 놈들은 그들만의 살생 유희를 즐기느라 일부러 시간을 끌며 다가오는 중이었다.

하이에나는 아예 마당 안으로 깊숙이 들어와 창문과 가까운 곳에 자리를 잡고 섰다. 하이에나는 국영이 이러지도 저러지도 못할 것을 알고 있었다. 여기서 자신을 내보내느라 애를 쓰면 들개들이 오기도 전에 힘을 소진하는 셈이니 어쩔 수 없이 자신을 받아주리란 걸 잘 아는 영악한 놈이었다.

바람을 타고 녀석들의 익숙한 냄새가 다가왔다. 피에 절은 짐승의 냄새가 길을 잃지 않고 하이에나를 향해 똑바로 다가오고 있었다. 100미터 전방에 모습을 드러낸 녀석들은 국영이 마지막으로 봤던 때보다 더 살기가 느껴지는, 야생의 모습이었다.

하이에나의 피를 따라 곧장 라텔의 집으로 들어온 대장은 그 집을 지키고 있는 것이 얼마 전 무리를 떠났던 국영임을 알아봤다. 녀석들은 삽시간에 퇴로를 차단하고 집 주변과 국영을 에워쌌다.

"살아 있었네."

"인사 한번 살벌하네."

"살도 좀 오르고, 뭐 어느 집의 개라도 되셨나?"

"보다시피."

국영은 건성으로 대답하며 무리를 살펴보았다. 새로 들어온 신입은 알지 못했지만 나머지 네 놈은 익숙한 얼굴이었다.

그런데 어디에도 몽키의 모습은 보이지 않았다.

"몽키 어딨어?"

"그년은 벼랑에서 떨어져 죽었지. 우리 손에 잡혔어도 갈기갈기 찢겨 죽었을 테지만."

그 순간 국영은 자신도 모르게 대장을 향해 크게 짖었다. 인간으로서의 이성이 마비되고 개의 본능이 튀어나온 것이다.

몽키가 살아 있을 것이라는 가느다란 희망이 사라져 버리자 허탈감과 분노가 찾아왔다. 자신이 아니었다면 몽키는 죽지 않았을 것이라는 죄책감이 국영을 더 힘들게 만들었다.

"넌 그새 또 누굴 끌어들였네. 참, 저 하나 살자고 끌어들이는 건 잘해."

"원하는 게 저 하이에나라면 얼른 데려가. 난 너희 싸움에 말려들고 싶지 않아!"

이야기를 듣고 있던 하이에나가 털을 곤두세우며 으르렁거렸다. 국영은 들개 무리가 하이에나를 공격해도 끼어들지 않을 생각이었다. 하이에나가 동물화된 이후로 어떤 인생을 살았는지는 풍문이 대변해 주었다.

"참, 시골 인심 한번 야박하다 야박해. 살려달라고 찾아온 놈을 내쫓고."

"내 가족 목숨을 걸 만큼 착한 놈은 아니라서."

"가족? 가출해서 빌빌거리던 놈이 가족이 어디 있어? 영양탕

집에 잡혔는데도 누구 하나 찾으러 오지도 않았던 놈이. 아! 여기서 질문. 영양탕집에 잡혀서 동네 떠나가라 소리소리 지르던 놈이 어떻게 거길 빠져나왔을까."

국영은 흠칫했다. 대장은 국영이 영양탕집에 잡힌 것을 알고 있었다. 얼마 못 가 영양탕 고기가 되리라는 것을 빤히 알았으면서도 외면했다는 사실을 알자 국영은 더욱 분노가 치솟았다.

"역시 너란 놈은!"

"우릴 버리고 떠난 놈을 구해줄 만큼 자비가 넘치는 캐릭터가 아니라서. 근데 정말 궁금해. 네가 어떻게 거길 빠져나온 거지?"

국영은 그쯤에서 입을 다물었다. 라텔을 이 싸움에 들였다간 엄마가 보는 앞에서 아들을 죽이는 꼴이 된다. 그러나 입을 다문 국영을 대신해 다른 목소리가 끼어들었다.

"이 몸이 풀어주셨지."

익숙한 목소리가 옥상에서 들려왔다. 라텔은 소리 소문도 없이 집으로 돌아온 것이었다.

"넌 뭐냐?"

"내 이름 좀 들어봤을 텐데. 라텔이라고."

"그러니까, 그 라텔이란 게 뭐냔 말이야, 쌍!"

광분하는 대장의 목소리가 온 마을을 움츠러들게 했다.

"네놈이 뭐길래 우리가 잡아온 놈들을 풀어주고 우리 아지트에 불을 질렀냐고!"

라텔은 대장 말에는 대꾸하지 않고 주변을 둘러보며 말했다.

"나머지 못난 들개 놈들, 잘 들어라. 너네 대장이 시키는 대로 살았다간 너희는 영원히 사람으로 돌아오지 못할 거야. 무고한 생명을 죽이면 그만큼의 생명을 살려도 사람이 되지 못해. 지금이라도 깨닫지 못하면 너희는 영원히 쫓기는 들개로 살게 될 거다, 라고 주지 스님이 전해달래."

그 말은 자신의 상황을 인지하지 못했던 나머지 들개들의 마음에 의심을 지폈다. 사람으로 돌아가지 못한다는 것만큼 큰 두려움이 없었다. 대장은 아이들이 동요하고 있음을 알아챘다.

"다들 정신 차려! 저놈이 하는 말은 다 헛소리라고! 사람이 되는 건 사람 밥을 먹게 되는 순서라고 했잖아. 어차피 시간이 지나면 다시 사람이 되니까 그전에 바짝 돈을 벌어놓아야 한다고."

듣고 있던 국영이 말을 보탰다.

"사람이 되는 건 사람 밥을 먹는 순서가 아니라 생명을 죽이지 않았던 순서겠지. 저놈은 제 손에는 피 한 방울 묻히지 않았을 거야. 그건 자기가 직접 살생하면 절대 사람으로 돌아갈 수 없다는 걸 알아서지. 너희는 그저 뽑아 쓰는 휴지일 뿐이야."

국영이 진심을 담아 전한 말이었지만 딱히 통하지 않았다. 들개 무리는 날카로운 송곳니를 드러내며 국영에게 다가섰다.

그러나 국영은 뒤로 물러서지 않았다. 정작 놈들을 이 집으로 끌어들인 하이에나는 뒷자리에서 이 사태를 유유히 방관하며 한마디를 보탰다.

"야, 택시도 아니고 살생 횟수를 미터기로 세고 있냐? 말이 되는 소리를 해라."

옥상에 있던 라텔이 하이에나의 이름을 불렀다.

"길상욱, 그렇지 않아도 스님이 널 찾고 계셔."

그 말은 존재감을 숨기고 살던 하이에나를 순식간에 사람으로 만들면서 부끄러움의 세계로 이끌었다. 제 본명이 불린다는 건 지금 이 모든 행동에 책임을 져야 한다는 뜻이었다. 게다가 상욱은 저 족제비같이 생긴 놈의 말투가 어딘가 낯이 익었다.

"너는 기린 뒷발에 차이고도 정신을 못 차렸구나."

"너 누구야?"

"널 잘 아는 분이시지. 네 동물화가 벌써 몇 달째인지 이놈들에게 알려줘. 너처럼 살면 영영 사람으로 돌아오기 글렀다는 것도. 사람이 되고 싶으면 귀한 목숨을 살려라. 그게 스님이 전하라는 말씀이다."

"너 이 새끼!"

격분한 하이에나가 라텔을 향해 돌진하려는 순간 동시에 들개들이 국영과 하이에나에게 달려들었다. 국영이 앞을 막아섰지만 대장은 국영을 뛰어넘어 옥상 계단으로 돌진했다.

"국영, 빠져!"

라텔의 외침에 국영은 몸을 날려 뒤로 빠졌다. 옥상에서 던져진 그물에 들개 세 마리가 포획되었다.

들개 대장이 옥상으로 올라왔을 때 라텔은 이미 나무를 타고 마당으로 내려간 뒤였다. 라텔은 국영에게 소리쳤다.

"뱀길로 따라와!"

국영의 대답보다 먼저 하이에나의 이빨이 라텔의 왼쪽 목덜미를 스쳤다. 자신을 구해준 은혜는 쓰레기통에 처넣고 잔뜩 벼르고 있다가 틈이 보이자마자 라텔을 공격한 것이다.

"분명히 제대로 물었는데."

하이에나는 자신의 날카로운 송곳니가 왜 라텔의 목덜미에 제대로 박히지 않은 건지 의아했다. 공격을 막아낸 라텔은 바람처럼 뒷마당을 가로질러 산으로 달아났다. 하이에나가 쫓자 국영이 바로 그 뒤를 따랐고 남은 들개 한 마리와 대장도 그들을 추격했다.

아무리 날쌘 라텔이라 할지라도 전속력으로 달려오는 하이에나와 들개를 따돌리기엔 역부족이었다. 그들이 가까스로 뱀길에 닿았을 때 하이에나는 몸을 날려 라텔을 붙잡았다. 쫓아온 국영이 하이에나의 목을 물어뜯었다. 뒤늦게 도착한 들개까지 합세해 다섯 마리가 뒤엉켜 싸움을 벌이다 풀숲으로 떨어지고 말았다.

가까스로 정신을 차린 국영은 풀숲이 어마어마한 올무 밭임을 알았다. 자신을 제외한 라텔과 하이에나, 들개와 대장까지 넷은 올무 밭의 한가운데에 떨어졌다. 들개 한 마리는 이미 온몸에 올무가 칭칭 감겨 옴짝달싹 못 하는 상태였다. 한 발이라도 잘못 디디면 올무에 차례대로 엮어 몸이 묶일 것이다. 무리 중에 비교적 가장자리에 떨어진 대장은 조심스레 발을 빼내며 라텔과 국영을 압박했다.

"이따위 올무로 나를 잡겠다고? 순진하네. 내가 사람이지 멍청한 개는 아니잖아."

"멍청한 거 맞잖아. 영영 사람으로는 못 돌아가지 싶다."

라텔의 말에 낄낄대는 건 하이에나였다.

"둘 다 멍청한 건 아니시고? 아, 얘기 계속 나눠. 난 다음 번호니까."

하이에나는 은근히 지금 이 상황을 즐기고 있었다. 라텔과 대장의 싸움을 부추겨 어부지리로 승리를 쟁취할 심산이었다. 라텔은 하이에나보다 대장을 처리하는 게 우선이었기에 계속 그를 도발했다.

"이봐, 들개 대장! 네가 개가 아니라 사람이라고? 정말 그 말 후회 안 할 자신 있어?"

"너야말로 괜히 잔머리 굴려대다가는 후회될 텐데. 이따위 올무로 날 잡겠다는 수작을 부린 걸 보면 사람치고는 좀 아둔한 편이라서 말이지.”

“나라면 원숭이한테 돈을 써서라도 라텔이 뭔지 검색이라도 했을 텐데. 넌 역시 사람으로 사는 걸 포기해서 그런지 머리를 쓰질 않는구나.”

“네가 뭔지는 내 알 바가 아니고 지금까지 잡아놓은 애들을 빼돌리고 숨겨놓은 돈주머니를 털어간 거나 전부 다 돌려받아야겠어. 네 목숨 하나로 시원찮았는데 사는 집도 알았으니 아주 끝장을 내주마!”

“꼭 지킬 게 없는 놈들이 남의 소중한 걸 짓밟는 짓을 좋아하더라. 참 짠하게 말이야.”

“족제비같은 새끼!”

“족제비든 제비든 난 지금 이 몸 덕에 여기서 살아나갈 수 있거든. 그래서 내 몸에 무진장 감사하는 중이야.”

어디선가 스산한 바람이 불어왔다. 그 바람은 얼굴을 스치거나 풀숲을 흔드는 바람이 아닌 소리로만 존재하는 바람이었다. 스스슥 풀숲에 바람이 스치는 소리가 들렸으나 그 어디에도 바람이 일지 않았다.

국영은 등줄기의 털이 바짝 서는 듯했다. 무언가 제 발밑으로 지나가는 싸한 느낌이 들었다.

라텔은 국영을 향해 크게 소리쳤다.

"나 조금 있다가 잠 좀 잘게! 자고 일어나면 배고프니까 먹을 거나 가져다줘!"

마치 유언을 남기듯 그 말을 전한 라텔은 들개 대장을 향해 돌진했다. 뒤엉켜 서로를 물어뜯으며 싸우던 그들은 수 분 만에 피투성이가 되어 바닥에 널브러졌다. 가쁜 숨을 몰아쉬던 들개 대장은 갑자기 흰 거품을 물고 정신을 잃었다. 지켜보고 있던 하이에나는 나뭇가지를 물어 올무를 걷어낸 뒤 의식이 희미해진 라텔 앞에 섰다.

"지금 죽으면 안 되지. 난 더 들을 얘기가 있다고."

"길상욱, 바보같은 놈."

"이 새끼, 너 도대체 뭐야?"

"그때도 지금 같았잖아. 생각 안 나? 넌 늘 등 뒤를 안 봐."

"혹시 너……, 윽!"

뒷발에 갑작스러운 통증을 느낀 하이에나가 뒤를 돌아봤다. 짧고 통통한 뱀 한 마리가 뒷발에 날카로운 송곳니를 꽂고 있었다. 하이에나는 긴 목을 돌려 뱀을 쳐낸 다음 풀숲으로 던져 버렸다.

"이 자식……."

"올무 밭 옆은 뱀길이거든."

하이에나는 풀썩 바닥에 쓰러져 올무에 코를 박았다. 국영이 다가와 라텔을 주둥이로 흔들어 깨웠다.

"형! 죽지 마요! 형!"

"난 뱀독에 내성이 있어서 그냥 잠깐 잠드는 것뿐이야. 조금만 자고 일어나면 괜찮아질……."

말을 채 끝내기도 전에 라텔은 의식을 잃었다. 마치 잠을 자는 듯 편안한 모습이었으나 국영의 마음은 초조했다.

뒤늦게 달려온 마을 사람들이 올무 밭에 쓰러진 하이에나와 들개 대장을 보고 기겁했다. 피투성이가 되어 처참하게 쓰러져 있는 그들과 라텔을 보며 심상치 않은 싸움이 있었음을 알았다. 라텔 엄마는 참혹한 광경에 말을 잇지 못했지만 이내 쓰러진 라텔을 안고 병원으로 뛰어갔다.

들개 무리와 하이에나가 동물화된 사람이라는 라텔 엄마의 증언 덕분에 포획된 동물들은 다른 곳으로 이동되지 않고 동물병원으로 옮겨져 치료받았다.

그들 중 가장 먼저 깨어난 것은 라텔이었다. 눈을 뜬 라텔은 곁을 지키고 선 엄마와 국영을 번갈아 보며 말했다.

"여기 어디야?"

"병원이에요."

"나 배고프다니까. 그냥 집에 가서 밥 먹을래."

"형, 만약 맹독이었으면 어쩌려고 그랬어요?"

"한 번 싸워본 애였어. 물려도 죽지는 않더라고."

아무렇지 않게 그런 말을 하는 라텔의 머리 뒤에서 빛이

나는 것 같았다. 덩치는 국영보다 몇 배나 작았지만 존재만으로 마음을 단단하게 해주는 녀석이었다.

국영은 라텔이야말로 모든 동물 중 가장 힘이 세고 똑똑한 존재라고 생각했다. 또 동물이 되고 싶은 마음은 없지만 만약 다시 동물화된다면 그때는 무조건 라텔이 되어야겠다고 결심했다.

라텔 대 들개 대 하이에나의 싸움은 라텔의 요청에 따라 누나에 의해 SNS에 공유됐다. 그 영상은 곧 전국의 많은 중고등학생이 가장 되고 싶은 동물로 라텔을 손꼽는 나비효과를 가져왔다.

며칠 후 국영은 라텔의 시골집에서 다시 사람이 되었다. 포근한 이부자리 아래서 눈을 떴고 처음으로 가족들과 같은 식탁에 앉아 이야기를 나누며 밥을 먹었다. 그때 라텔이 형이 아니라 이제 겨우 중학교 1학년이라는 놀라운 사실을 알았다. 속았다는 걸 알게 되었지만 괘씸하지는 않았다.

사람이 된 국영은 가출한 이후 처음으로 집을 찾아갔다. 아빠는 병원에서 허리 디스크를 치료 중이었다. 집을 나갔던 누나도 함께였다. 반지하 단칸방은 오랜만에 밥 냄새와 사람의 온기로 가득 찼다. 간만에 모인 세 사람은 말없이 식사를 했다. 국영은 다시 집을 나와 라텔의 시골집으로 돌아왔다. 마침 여름방학이라 방학 동안 라텔의 집에서 머물기로 모두의 허락을 얻었다.

누가 시키지 않았지만 국영은 산을 돌아다니며 올무를 치웠다. 많은 동물화 아이들이 산으로 올라왔는데, 야생 생활이 익숙지 않아 다치는 일이 많아지자 동물화 지킴이 자원봉사단이 꾸려졌다. 동물화되었다가 돌아온 아이들이 적극적으로 봉사에 참여했다.

한쪽에선 아이들을 구하기 위해 올무를 치우고 또 한쪽에선 동물들을 잡아 돈을 벌려고 올무를 설치하는 사람들이 있었기에 같은 일이 늘 반복되었다. 알게 모르게 동물원에 팔려 가는 아이들 때문에 가끔 동물원 전수 조사를 하기도 했고, 들개 포획이 조직적으로 이뤄지기도 했다.

국영은 누구보다 들개들의 생리를 잘 알기에 들개를 다치지 않게 잡는 일에 자원했다. 인근 산을 뒤져 들개들에게 위치 추적기를 다는 일도 국영의 몫이었다.

라텔과 함께 깊은 산속까지 올라온 국영은 낯익은 벼랑을 발견했다. 몽키와 마지막으로 헤어졌던 장소였다. 눈을 들어 바위틈을 보니 그곳에는 아직도 돈주머니가 끼워져 있었다. 몽키가 찾아가지 않는다면 영원히 사라지지 않을 돈주머니였기에 그걸 바라보는 국영은 마음이 착잡해져 왔다.

그러나 촉이 좋은 라텔은 단번에 돈주머니를 발견하고 벼랑을 기어 올랐다. 돈주머니를 빼낸 라텔은 주머니를 열어 안을 살피더니 뭔가를 꺼내 들었다.

"이게 뭐지? 아들 낳게 해달라는 부적인가?"

라텔이 하는 말을 짐작할 수 있었지만 국영은 그 돈주머니에 대해서 아무 말도 하지 않았다.

"아씨, 이게 뭐야!"

라텔은 어이가 없다는 표정으로 국영을 내려다보았다.

"언젠가 네가 여길 찾아올 거 같아서 이 편지를 남겨. 내 전화번호야. 사람이 되면 연락해 줘. 뭐야! 웬 러브레터!"

라텔은 돈주머니를 국영에게 던지고 나무에 올랐다. 그제야 국영은 돈주머니가 비워지고 편지만이 남아 있다는 걸 알았다. 뒤늦게 편지를 읽은 국영은 몽키가 죽지 않고 살았음에 눈시울이 붉어졌다. 적혀 있는 번호로 바로 전화를 걸었다가 울먹거린 탓에 목소리가 잠기자 아차 싶어 종료 버튼을 눌렀다.

콧물을 훔치고 있는데 바로 그 번호로 영상통화가 걸려 왔다. 국영은 떨리는 마음으로 통화 버튼을 누르고 화면에 나타난 사람을 보았다.

원숭이도 아니고 들개도 아닌 두 사람은 처음 보는 서로의 얼굴을 한눈에 알아봤다.

"……안녕, 들개."

"……안녕, 몽키."

"살아 있었네."

"너도. 그때 나 도망칠 수 있게 시간 벌어줘서 고마웠어."

"너도 돈 빼가지 않고 그대로 남겨둬서 고마웠어."

두 사람은 함박웃음을 터뜨렸다.

"근데 나인지 어떻게 알아봤어?"

"바로 뒤가 벼랑 금고잖아. 목소리도 똑같고."

"역시 영특한 몽키네. 넌 내가 생각했던 것보다 더……."

"뭐?"

"아니야."

"그래, 쓰레기는 쓰레기 주인이 가지셔야지."

"나쁜 말 아니야. 생각했던 거보다 더 귀엽다고."

"그런 말이라면 내가 가질게. 참, 나 동물원 찾아갔었어. 돌 던지러 간 건 아니고 원숭이들이 날 알아보나 궁금해서 갔어. 알아보는지 어떤지는 모르겠더라. 그냥 당근 주니까 잘만 받아먹더라고. 돌 던졌으면 진짜 찝찝할 뻔했어. 정말 고마워, 미리 가르쳐줘서."

"뭘……."

쑥스러움에 잠시 대화가 끊겼다. 사람의 모습이 아직 어색해서 무슨 말을 해야 할지 아무 생각도 떠오르지 않았다.

"저기, 나 방학 동안 계속 이 동네에 있어. 봉사활동을 하는데 난 산에 있는 올무 제거 담당이야. 시간 되면 여기 놀러 올래?"

"돈 줘?"

"아니."

"그럼 생각 좀 해볼게."

머리 위에서 이상한 소리가 들려왔다. 한 번도 들어본 적이 없는 라텔의 분노에 찬 울음소리였다. 국영은 부끄러운 마음에 얼굴을 붉히며 인사를 하고 전화를 끊었다.

나무에서 내려온 라텔이 작은 손으로 국영의 뺨을 서너 번 갈기고 소리쳤다.

"씨, 누구는 동물화된 와중에도 연애를 하셨네. 누구는 목숨을 걸고 하이에나랑 들개랑 싸우고 뱀한테 물리기까지 했는데. 기분 나빠, 아오!"

라텔의 말을 알아듣지 못했지만 국영은 얼추 비슷한 뜻으로 이해하며 피식 웃음을 흘렸다.

국영은 가끔 대장과 들개 무리의 소식이 궁금했다. 그들에 대해서는 소문만이 무성했는데, 여전히 사람으로 돌아오지 못해 여기저기 떠돌고 있다는 이야기부터 유기견 보호소에 위탁되어 시름시름 앓고 있다는 이야기까지 들려왔다.

단 하나 분명한 것은 상욱 역시 사람으로 돌아오지 않고 있다는 것이었다.

라텔은 전국구 소식통답게 상욱의 소식을 잘 알고 있었다.

한 달여 만에 동물병원에서 퇴원해 학교로 강제 등교하게 된 상욱은 바뀐 학교에 적응하지 못했다. 워낙 야생 생활에 길든 데다 학교의 견고한 서열에는 상욱이 끼어들 자리가 없었다.

사자를 중심으로 확실하게 정리된 서열을 건드려 보았으나 허사였다. 하이에나보다 더 맹수급 동물이 많아진 탓이었다. 게다가 그들은 모두 상욱보다 아래 학년이었다.

가장 큰 변화는 상욱의 입과 수족이 되어주던 태주의 부재였다. 태주 역시 동물화되었는데 박쥐가 되어 낮에 학교 나오는 것이 힘들다는 소문이 떠돌았다.

상욱은 사흘 만에 학교를 뛰쳐나가 또 산으로 올랐다. 가만 생각해 보니 자신과 비슷한 시기에 동물화된 아이들은 대부분 사람으로 돌아갔는데 자신만 여전히 하이에나였다. 해가 바뀌도록 사람이 되지 않은 건 자신뿐이었다. 그 사실을 인지한 순간 두려움이 엄습했다.

그저 돈벌이가 되는 맹수가 좋다고 생각했던 지난날과 달리 영원히 사람으로 돌아가지 못할 수도 있다는 뒤늦은 깨달음이 상욱의 마음을 흔들었다. 사람으로 돌아가지 못한다면 그깟 돈이 무슨 대수일까.

동물화된 아이들은 언젠가는 모두 제자리로 돌아갈 것이다. 그게 사자든 비둘기든 원래의 자리로 돌아갈 것이란 건 의심의 여지가 없었다. 지금까지 일 년 이상 동물화가 진행된 적을 본 적이 없었기 때문이다.

하지만 상욱은 언제부터 자신이 동물화되었는지 기억이 나지 않았다. 지난여름이었던 것도 같고 겨울이었던 것도 같은데 정확한 시기를 말해줄 사람이 없었다. 한 가지 분명한 것은 자신보다 훨씬 늦게 동물화되었던 아이들조차 사람으로 돌아왔다는 것이다. 남은 평생을 하이에나로 살아갈 상상을 하니 생각만으로도 끔찍했다.

상욱은 이제 삐죽 솟은 갈기도 점박이 피부도 기괴한 울음소리도 싫었다.

'다시 사람이 되고 싶어. 돌아가고 싶어!'

바람은 간절했으나 상욱의 몸은 변하지 않았다. 평범한 사람들의 세상에도, 동물화된 아이들의 세상에도 적응하지 못한 하이에나가 갈 곳은 또다시 산속뿐이었다. 몇 날 며칠 동안이나 산을 헤매던 상욱은 우연히 예전에 찾아갔던 절을 발견했다.

배고픔에 몰래 들어간 부엌에는 조그만 상에 음식이 차려져 있었다. 고기 맛에 길들어졌지만 며칠을 굶었던 터라 허겁지겁 절 음식으로 배를 채웠다. 얼마 만에 먹어보는 따뜻한 밥인지. 밥그릇에 주둥이를 박고 먹는 자신의 모습이 한심해 참았던 눈물이 끅끅 터져 나왔다.

눈앞에 흰 고무신을 신은 발이 와서 섰다. 상욱은 고개를 들고 바라봤다.

"왔구나."

"갈 데가 없어요. 다들 날 싫어해요. 내가 흉측하다고."

"그럼 여기 좀 더 머물도록 해라."

"나도 이런 꼴이 되고 싶지는 않았다고요. 흉악한 하이에나로 살고 싶지는 않았다고요."

주지 스님은 땅바닥에 퍼져 앉아 펑펑 울고 있는 소년을 가만히 보았다. 이미 사람으로 돌아왔음에도 제 모습이 아직도 하이에나라고 생각하는 딱한 중생이었다.

제 마음의 눈이 짐승의 탈을 벗어낼 때까지 기다려주는 것이 좋으리라. 스님은 소년에게 합장하고 돌아섰다.

에필로그

태웅의 곰 일지

　해가 바뀌고 학교 안에는 열 마리 남짓한 곰이 어슬렁대기 시작했다. 그들이 목에 두른 초록색, 파란색, 노란색 띠는 각각 학년을 상징했다. 학교 내에서 태웅만이 그 띠를 두르지 않았지만 아이들은 그 곰이 동물화 1기로 불리는 3학년 태웅임을 한눈에 알아보았다. 사실 태웅은 주기적으로 털을 분홍색으로 염색했다. 그 분홍색 털에 얽힌 사연을 아는 이는 많지 않으나 어쨌든 아이들은 태웅을 '핑크 선배'로 부르고 있었다.

　이제 학교는 열려 있는 동물원이 되었달까.

　많은 아이가 제각각의 종으로 변하면서 매일 종의 업데이트가 이루어지는 느낌이었다. 사자나 곰, 비둘기, 들개로 대표되던 초기 동물화에서 더 나아가 호주에만 사는 코알라와 멸

종위기종인 판다도 등장했다. 동물화가 사춘기의 또 다른 변형이란 의론이 지배적으로 인정받으면서 사람들은 동물화에 대한 제각각의 의견을 내놓았다.

개중에 가장 현실적인 건 엄마들이었는데, 모두 한목소리로 너무 어린 초등학생이나 입시를 앞둔 고등학생 말고 '이중변이'를 해야 한다고 외쳤다. 이중변이는 '이왕이면 중학생 때 변하는 게 이롭다'의 줄임말이었다.

어찌 보면 당연한 일이겠지만 아이들의 동물화로 중학교 선생님들의 휴직이 빈번해졌다. 같은 재단 안에 있는 사립학교의 경우 선생님이 중학교로 이동하는 건 좌천을 의미한다는 흉흉한 이야기가 돌기도 했다.

그 사이 아이들의 동물화는 계절의 변화처럼, 밀물과 썰물처럼 계속해서 오고 갔다.

각 학교에는 동물화 전담 상담소가 생겼고 동물화가 진행된 아이들은 전문 선생님의 도움을 받았다. 아직 사람임에도 불구하고 가끔 동물 뺨치게 말이 통하지 않거나 괴상한 행동을 하는 아이들이 있었는데 이들 역시 동물화로 인정되었다.

그 이야기를 듣고 태웅은 이렇게 생각했다.

'초등학생 때도 정말 말이 통하지 않는 애들이 가끔 있었어. 알고 보면 걔들도 겉만 멀쩡했지 사실 동물화되었던 거야.'

태웅의 추측대로 초등학교에서도 심심찮게 동물화가 일찍

진행되는 경우도 있었다.

'어리석다'의 옛말이 '어리다'인 것을 생각하면 어린 나이에 발현되는 동물화일수록 심각한 후폭풍을 몰고 온다는 게 이해되었다. 아직 몸이 덜 자란 나이에 동물화되면 꽤 오랫동안 그 상태가 유지되거나 한 번 더 동물화를 겪기도 했다. 어떤 아이는 한 번은 호랑이가 되었다가 또 한 번은 독수리가 되었는데, 그 바람에 어린 동생들이 시달려서 결국 부모님이 그 아이를 시골 학교로 전학을 보내야만 했다. 두 번의 동물화에 대해서도 많은 이야기가 오가며 난해한 가설들만이 난무할 무렵, 가장 명쾌한 답이 영웅의 입에서 나왔다. 게임 삼매경 중이던 영웅은 이렇게 평했다.

"이중창이네."

"응?"

"껍질이 이중이었던 거지. 투명해 보였는데 들이박고 보니 또 창이 있었던 거야."

그 말을 들은 가족들은 모두 말없이 고개를 끄덕였다. 태웅은 가끔 영웅이 n회차 인생을 살고 있는 게 아닐까 하는 의심이 들었다.

얼마 후 태웅은 기나긴 동물화를 끝내고 머리가 분홍색으로 염색된 채 사람이 되었다.

별다른 전조 증상 없이 그저 학교에서 엎드려 낮잠을 자고 일어났더니 다시 사람의 몸이 되어 있었다. 태웅의 동물화가 끝나자 엄마는 안도했고 영웅은 아쉬워했다.

영웅은 태웅이 곰이 된 동안 컴퓨터와 게임기를 독차지했는데, 그걸 다시 토해내야 한다는 걸 가장 안타까워했다. 반면에 태웅은 사람으로 돌아온 일이 덤덤했다.

정말 낮잠을 자고 일어난 그 기분 그대로였다.

'아, 돌아왔구나.'

달라진 것은 이제 엄마 고생 좀 덜 시켜야겠다는 마음뿐이었다.

뉴스에 따르면 동물화된 아이가 다시 사람으로 돌아오는 데 걸린 기간은 짧게는 두 달, 길게는 일 년 정도라고 했다. 열 달 정도 걸렸던 태웅은 여전히 수학 점수와 동물화의 상관관계에 대해 의심했다. 뭔가 똑똑한 애들은 동물화도 빨리 끝나는 듯한 느낌이랄까. 아니면 자신이 먹는 것에 뒤끝이 강한 편이어서 그랬을까.

어쨌든 태웅이 다시 사람이 되고 나자 집안의 분위기는 예전보다 훨씬 더 부드러워졌다. 태웅이 라면을 세 개나 끓여 먹어도 그러려니 하고, 밤늦게까지 게임을 해도 못 본 척하고 지나가는 정도로.

태웅은 아빠보다 훌쩍 키가 커지면서 아빠의 휑한 정수리를 볼 수 있었다. 옆머리를 있는 대로 끌어다 정수리를 덮고 있었지만 그 옆머리마저 빠지고 있는 것이 보였다. 아빠의 몸에서 털이 빠져나가는 만큼 태웅의 몸에는 더 많은 털이 자라났다.

곰이었던 시절에 비할 바는 아니었지만 태웅의 몸에는 털이 상당했다. 그것도 특정 부위에만. 한때 제임스 본드로 이름을 날렸던 피어스 브로스넌의 가슴털이 좋다던 엄마는 올 풀린 수세미처럼 가슴털이 올라온 자식은 징그럽다고 했다.

곰의 덩치가 남았는지 키는 10센티미터나 커졌고 몸무게도 늘어나 예전에 입던 셔츠와 바지가 맞지 않아 난감해졌다. 엄마는 또 키가 클지도 모른다고 고무줄이 들어간 운동복만 사주었다. 이제 태웅은 집안에서 가장 큰 키와 몸무게를 가지게 되었다.

누나는 남자친구가 생겼고, 좀 커진 사람이 된 태웅은 아직 기린인 서우와 썸을 타고 있었다. 하지만 이런 평화로운 시간은 갑작스러운 영웅의 동물화로 한 방에 끝나버렸다.

엄마의 갱년기를 앞당기려고 작정한 듯. 태웅이 사람으로 돌아온 지 일주일도 안 돼 영웅이 동물화되며 다시 한번 형제는 온 집 안을 쑥대밭으로 만들었다.

이번에는 가족 중 그 누구도 동물화된 영웅을 몰라보지 않았다. 곰이 된 태웅은 슬리퍼를 끼고 금메달을 목에 걸어도 몰라봤으면서, 방 안 벽지를 죄다 긁어놓은 족제비 같은 녀석이 영웅임을 모두 한눈에 알아보았다. 서로가 서로를 알아보는 품앗이를 하자고 약속이나 한 것처럼 이번에는 태웅이 영웅의 방문을 열었다가 기겁하며 거실로 뛰쳐나왔다.

"엄마, 누나, 아빠!"

"왜, 또, 뭐."

화장실에서 등을 긁으며 나오던 누나는 심드렁하게 물었다.

"영웅이가, 영웅이가!"

"영웅이가 또 뭐."

"동물화됐어!"

그 말에 온 가족이 영웅의 방으로 뛰어들었다. 그들은 벽에 붙인 가수 포스터를 물어뜯고 있는 조그만 동물 한 마리를 보면서 고개를 갸우뚱거렸다.

"……곰이 아니네."

"사자도 아니고."

다들 조금 의아한 표정이었다. 한 사고를 치는 영웅이라면 동물의 제왕이거나 제 형을 능가하는 뭔가가 되었으리라는 기대 아닌 기대를 했다가 실망한 얼굴이었다.

"크기가 작네."

"근데 저건 뭐야? 족제비야?"

그 말에 족제비처럼 생긴 영웅이 미치고 팔짝 뛸 노릇이라는 듯 제자리에서 한 바퀴 제비를 돌았다.

"아니래."

"너구리야?"

영웅이 이번에는 누나를 물어뜯으려 달려들다가 태웅의 손에 저지당했다. 태웅의 손을 대신 물어뜯은 영웅은 책장에서 책을 꺼내 소 사진을 짚었다.

"······소?"

영웅이 고개를 끄덕이며 앙증맞은 손으로 소를 다섯 번 두드렸다.

"소소소소소?"

"뭐래? 자기가 소래?"

영웅이 제 머리털을 쥐어뜯으며 작고 앙증맞은 손으로 다시 사진을 가리키자 가족들은 더욱 골똘한 표정이 되었다.

"이름에 소 자가 들어가나 보네."

그 말에 영웅이 소를 가리키며 박수를 다섯 번 쳤다.

"하나, 둘, 셋, 넷, 다섯? 다섯 소? ······오소?"

"설마 오소리?"

영웅이 몸을 부르르 떨며 자신이 오소리임을 강력하게 표현했다.

"난 처음에 내가 어떤 곰인 줄도 몰랐는데 역시 영웅이는 다르네, 달라."

"왜들 그러고 있어. 그냥 검색해 보면 되지."

아빠는 휴대전화를 멀찍이 두고 오소리 사진을 하나하나 찾아보기 시작했고, 누나는 영웅의 사진을 찍어 AI 렌즈로 생김새를 비교하기 시작했다.

"나 찾은 거 같아."

누나의 결정적인 한마디에 온 가족이 누나가 들고 있는 작은 휴대전화 화면에 고개를 맞댔다.

영웅은 모두의 우려와 기대를 훌쩍 뛰어넘는 작고 성질 사나운 벌꿀오소리란 동물이었다. 독사도 먹어 치우고 사자에게도 시비를 건다는 엄청난 싸움꾼이란 사실만으로도 모든 식구가 절망에 빠져 버렸다.

영웅은 누나의 휴대전화 터치패드를 꾹꾹 눌러 자신을 '라텔'로 불러달라고 요구했다. 벌꿀이 들어간 이름은 너무 달달해 호구로 여겨질 수 있으니 차라리 영어 이름인 라텔로 불리겠노라고.

벌꿀오소리가 싸움꾼이란 사실을 인지한 엄마는 영웅을 목줄로 묶어두었지만 영웅은 제 손으로 목줄을 풀고서 온 동네 개들을 물고 다녔다. 제아무리 몇 겹의 울타리에 가둬두어도 영웅은 어떤 식으로든 그 울타리를 뚫고 빠져나갔다. 한 번은 나사를 풀어서, 또 한 번은 스스로 잠금장치를 풀어서 우리를 빠져나갔다.

방문에 몇 겹의 열쇠를 달아도 소용없었다. 엄마가 밥을 주기 위해 문을 열고 들어올 때, 문 위에 매달려 있다가 소리 소문도 없이 빠져나가기도 했다.

이제 온 동네가 동물 중에 가장 다루기 힘든 동물이 벌꿀오소리임을 알았고, 동물화로 벌꿀오소리만 되지 않으면 괜찮다며 서로를 위로하는 일도 생겨났다.

영웅은 넘쳐나는 힘과 사나운 성질을 주체하지 못하고 온 집 안의 벽지를, 그것도 엄마가 애지중지하는 실크 벽지를 죄다 뜯어놓았다. 강화마루도 발톱으로 긁어댔으며 수도꼭지를 물어뜯고 변기까지 깨부수는 통에 집 안의 살림살이가 남아나지 않았다. 엘리베이터의 거울을 깨고 계단 난간을 휘어놓아 민원이 들어오는 것도 여러 차례였다.

"엄마, 이러다 우리 아파트 재건축해야 하지 싶어."

누나의 한마디에 엄마는 결국 영웅을 데리고 할머니 집으로 내려갔다.

시골에 머물면서 영웅을 풀어주고 자유롭게 마음껏 돌아다닐 수 있도록 했다. 그 바람에 수확을 앞둔 밭의 작물이나 과수원에 맺힌 열매를 물어다 주는 일이 다반사였으나 밤이면 꼭 집으로 돌아와 잠을 자는 것으로 엄마의 근심을 덜어주었다. 자식의 동물화를 두 번째로 맞은 엄마는 처음 태웅을 겪었을 때처럼 노심초사하거나 애를 태우지 않았다. 영웅의 가슴에 캠코더나 GPS 추적기를 달지도 않았다.

태웅이 그랬던 것처럼 이 모든 것이 파도처럼 지나가리라는 믿음이 있어서였다. 또한 사자나 하이에나급은 아닐지라도 영웅은 일대 동물화 아이들을 평정하고 동물 생태계에서도 대장을 먹을 놈이라는 희한한 믿음이 있었다.

그러나 영웅의 동물화는 예상보다 길었다.

열 달 만에 돌아왔던 태웅과 달리 영웅은 어느덧 열한 달을 넘어가고 있었다. 물론 그 사이에 들개 친구 하나를 데려왔고 하이에나가 찾아왔으며, 여러 마리의 들개와 싸움이 붙어 죽을 지경이 되었던 사건이 있었다.

팔로워들에 의해 '들개 대첩'으로 불린 이 사건은 동물화된 아이들이 일으킨 가장 큰 사건으로 기록되었다. 들개 여섯 마리와 하이에나 한 마리, 벌꿀오소리 한 마리가 일으킨 집단 난투극은 벌꿀오소리의 지략으로 일단락되었으나 소식은 일파만파 퍼져나갔다. 영웅의 부탁으로 SNS를 관리해 주는 누나가 벌꿀오소리가 된 영웅의 소식을 주기적으로 업데이트했기 때문이다.

방송국에서 소문을 듣고 취재를 올 만큼 소문이 나서 벌꿀오소리는 일약 전국구 스타가 되었지만 엄마의 걱정은 나날이 더해만 갔다.

살생을 너무 많이 하거나 동물의 삶에 젖어든 아이는 다시 사람이 되기 힘들다는 이야기를 들은 엄마는 영웅이 사람으로 돌아오지 않을까 봐 노심초사하며 밤잠을 설쳤다. 하지만 그 사건 이후 영웅의 영역은 더 넓어졌다. 며칠씩 집으로 돌아오지 않는 날도 많아졌다.

가족이 할 일은 태웅이 곰이 되었을 때처럼 곁을 지켜주며 다치지 않기를 기도하는 일뿐이었다. 벌꿀오소리가 된 영웅을 위해 태웅은 휴일이면 누나와 함께 시골로 내려가 산 일대의 올무를 치우는 게 일상이 되었다. 누나는 벌꿀오소리 때문에 이게 무슨 사람 고생, 곰 고생이냐면서 두 동생을 세트로 묶어 욕하며 툴툴거렸다.

"주말에 남자친구도 못 만나고 시골 촌구석에서 올무나 치우고 말이지. 동생 놈들이 세트로 물을 먹이시네."

"오자고 한 건 누나잖아."

"엄마 혼자 계시는데 넌 나 몰라라 할 마음이 생기냐?"

"알았어. 누가 뭐래."

"영웅이 이놈 마당에 똥을 싸놓…… 아악!"

갑작스러운 누나의 비명에 깜짝 놀라서 태웅이 달려갔다.

"왜? 왜 그래, 누나?"

"어우 놀라라, 뱀 봤어."

"어디, 어디?"

누나의 고개가 가리키는 곳에는 어디선가 튀어나온 벌꿀오소리가 벌써 그 뱀을 죽인 다음 흔들어대고 있었다. 등에 엄마의 취향대로 분홍 줄무늬를 염색한 녀석은 이리 보고 저리 봐도 영웅이었다.

"너 온종일 어딜 싸돌아다니다가 이제 나타나? 밥때 맞춰서 집에 안 올래?"

영웅은 죽은 뱀을 잠시 내려놓고 나뭇가지 하나를 집어 풀숲에 던졌다. 둔탁하게 걸리는 소리가 나는 것으로 봐선 올무가 숨겨져 있는 모양이었다. 올무 위치를 알려준 영웅은 다시 죽은 뱀을 입에 물었다.

"야, 너 그거 내려놔! 그거 먹는 거 아냐!"

영웅은 통통한 뱀을 물고 누나에게 다가와 그 앞에서 트위스트를 추듯 뱀을 흔들어댔다. 벌꿀오소리든 사람이든 하는 짓은 영락없는 영웅이었다.

"악! 치워! 치우라고!"

급기야 누나가 땅바닥에 있는 막대를 줍자 영웅은 끼끽 이상한 웃음소리를 흘리며 풀숲으로 사라졌다. 누나는 어처구니없는 표정으로 벌꿀오소리가 사라진 풀숲을 향해 중얼거렸다.

"저놈의 새끼, 사람만 돼봐라. 내가 이 흑역사를 기록으로 남겨서 저놈 결혼식에서 틀 거야."

"영웅이는 좀 늦게 사람이 되면 좋겠는데……."

태웅의 혼잣말에 누나가 힘껏 째려보며 말했다.

"너 벌꿀오소리 백 마리 중에서 영웅이 알아볼 수 있어?"

"아니."

"영웅이는 수많은 곰 농장을 다녔는데도 단번에 널 알아봤어. 까불지 말고 올무나 치워."

"넵."

"집 가서 똥도 네가 치워."

"아, 그걸 내가 왜?"

"스테인리스 통에 아들 똥을 받고서 엘리베이터도 못 타고 20층을 오르락내리락한 엄마도 있어."

태웅은 통 이야기만 나오면 자신이 찍소리를 못한다는 걸 알고 있는 누나가 미웠다.

그런들 어쩌랴. 동물화 1기로 변해 가족들을 놀래킨 것으로 따지자면 아직 태웅을 쫓아올 사람이 없는 것을.

태웅은 비가 와서 시골집 마당에 있는 영웅의 똥이 씻겨 내려가길, 집을 나간 영웅이 오늘은 일찍 돌아오길 진심으로 빌었다.

집으로 돌아온 태웅은 학교 숙제를 하다가 깜빡 잠이 들었다. 잠든 사이에 영웅이 다녀갔는지 방 곳곳에 앙증맞은 발자국 몇 개가 찍혀 있었다. 거울을 보다가 제 뺨에 새겨진 영웅의 발자국을 발견했다.

"형, 나 더 놀다 올게."

찍힌 것은 발자국뿐인데 그런 목소리가 들리는 듯했다. 그때 다 갠 빨래를 들고 엄마가 방으로 들어왔다.

"이놈, 또 잠깐 왔다가 내뺐나 보네."

"그냥 몸에 GPS 추적기를 달자니까."

"그건 영웅이한테도 물어보고."

"근데 뉴스에서 보니까 야생 생활을 너무 길게 하면 다시 사람이 되는 게 어려워질 수도 있다던데. 며칠만 영웅이를 우리에 가둬두는 건 어때?"

"그냥 둬."

"맨날 밤잠 설치면서 걱정하는 사람은 엄마면서."

"그래도 어쩌겠어. 저 녀석 바깥 생활이 얼마나 좋으면 집도 까먹을 만큼 신이 났을까. 그동안은 얼마나 답답했을까."

"난 신나지 않던데. 매일매일 집 생각뿐이었다고."

"그랬니?"

"응, 근데 그 몸으로 집에 돌아오면 가족들한테 피해를 주는 것 같아서 매번 미안했어. 뭐, 영웅이는 그런 거 없이 진짜 신난 것 같지만."

"근데 아들, 너 티셔츠 거꾸로 입었는데."

살펴보니 정말 앞뒤가 뒤집힌 채였다. 어찌나 칠칠치 못한지 태웅은 실웃음이 났다. 바로 그 순간 부엌에서 스테인리스 그릇이 뒤집히는 쨍그랑 소리가 들렸다.

"아직 밥 먹나 보네."

슬쩍 부엌을 내다본 엄마는 피식 웃으며 다시 빨래를 집었다. 우당탕 식사하는 소리에 사람 말소리까지 들리자 궁금증이 더해졌다.

"누구래?"

"이번에는 어디서 앵무새 친구를 데려온 모양이야."

태웅은 그제야 부엌이 평소보다 더 시끄러운 이유가 이해되었다.

"나는 둔해서 곰이 됐나 봐. 영웅이는 대한민국에서 제일 용감한 중학생이라 라텔이 되고, 전국 팔도에서 친구도 사귀고."

엄마는 피식 웃으며 다른 이야기를 꺼냈다.

"곰이 될 만하니 곰이 된 거겠지. 태웅아, 네 태몽이 뭔지 알아?"

"나도…… 태몽이 있어?"

태웅은 단 한 번도 자신의 태몽을 묻지 않았다.

누나는 몰라도 자신과 동생 영웅은 엄마와 아빠가 가슴으로 낳은 아이들이니까. 태웅은 자신이 입양된 아이라는 사실을 초등학생이 될 무렵 알았다. 엄마가 너무 담담하고 자연스럽게, 그러나 가슴 아프지 않게 이야기해 주었기에 상처가 되지는 않았지만 시간이 갈수록 여러 생각이 들었던 건 사실이다.

"사실 널 데려오기 전에 누나와 너 사이에 두 명의 형들이
있었는데."

엄마가 유산으로 힘들어했었다는 건 누나를 통해 들어 알
고 있었다. 태웅과 영웅처럼 남자아이들이었다는 것도 알고
있었다.

"배 속에서 그 아이들을 떠나보내고 널 만나러 가기 전에
꿈을 꿨어. 수많은 곰 무리 중에서 유독 저 혼자 딴짓을 하고
있던 곰 한 마리를 냅다 안고 도망쳤지. 모두 낮잠을 자고 있
었는데 개만 깨어 있더라. 마치 날 기다린 것처럼. 손을 내밀
며 나랑 같이 살자 했더니 다가와 안기더라고. 네가 딱 그랬
어. 낮잠 시간에 다른 아이들은 자고 있는데 혼자 일어나 앉아
우유를 먹고 있었거든."

엄마는 눈앞의 태웅을 보며 그 순간이 생생히 떠오르는 듯
말했다.

"넌 정말 그 곰같이 사랑스러운 아이였어. 보육원에서 보자
마자 알았지. 아빠를 설득하느라 얼마나 힘들었는지 몰라. 아
빠는 생명을 받아들이는 게 너무 조심스럽다고 고민하고 또
고민했지만 결국 동의했지. 술을 많이 마신 날 그러더라고. 자
기 드디어 결심했다고. 그래서 누나는 아빠가 술을 마신 탓에
너희를 데려왔다고 놀리는 거고. 아무튼 엄마 곰에게 미안해
서 그 꿈은 엄마 혼자만 알고 아무에게도 말하지 않았어. 그게

네 태몽이야."

엄마는 또다시 꿈을 꾸듯 태웅의 손을 지그시 잡으며 말했다.

"근데 엄마는 우리가 만난 게 태몽 때문이 아니고 모두의 선택이라고 믿어. 좋은 부모가 되는 건 너무 어렵거든. '엄마'는 애를 낳으면 쉬 불리는 이름이지만 '좋은 엄마'는 참 난감한 이름이잖아. 내 배로 낳은 자식이 아닌 아이를 내 자식처럼 사랑할 수 있을까보다 좋은 엄마가 될 수 있을까를 수백, 수천 번 고민하게 되더라고."

태웅은 코끝에 깃털이 오가는 듯한 간지러운 느낌이 들어 손가락으로 쓱쓱 문질러댔다. 곧 그 느낌은 시큰한 느낌으로 변해버렸다. 엄마가 좋은 이유는 수백, 수천 가지지만 태웅은 늘 투명하게 속마음을 이야기해 준다는 점에서 엄마가 좋았다. 곁에 투명하게 믿을 수 있는 사람을 두고 자란다는 게 얼마나 좋은 일인지 태웅은 어려서부터 잘 알았다.

"근데 영웅이는 첫 만남부터 참 범상치가 않았어."

엄마는 밀려오는 웃음을 쿡 참으며 절레절레 고개를 내저었다.

"왜? 설마 꿈에서 벌꿀오소리라도 만났던 거야?"

"아니."

엄마는 손가락으로 태웅의 발목 상처를 가리켰다.

"너 그 상처 어렸을 때 영웅이가 문 거라고 했잖아. 처음 만나는 날 보육원에서 영웅이가 널 물었지 뭐니. 엄마를 선택한 게 아니라 널 선택한 거지. 그것도 참 영웅이다워."

어이가 없었지만 태웅은 엄마의 해석이 이해되었다. 사자에게도 덤벼드는 벌꿀오소리라면, 똑똑한 영웅이었다면 사랑으로 돌봐줄 부모님보다 자신과 티격태격 재미있게 자랄 형제를 먼저 선택했을 것이다.

'내가 마음에 들었다니 다행이다, 벌꿀오소리 동생아.'

마음을 간질간질하게 한 그 이야기는 태웅이 궁금했던 동물화의 큰 비밀을 알려준 듯했다.

제각각의 동물화를 겪는 것은 우리가 인간이라는 걸 다시금 깨닫게 함이다. 역설적으로 사람의 태에 어울리는 속마음을 키우도록 그런 인고의 시간이 필요했으리라.

몸 곳곳에 분홍색 털이 남아 있어 가끔 자신을 부끄럽게 만들었지만, 오랜 시간이 흘러도 동물화 기간의 기억은 누구에게나 강력한 흔적을 남길 듯했다. 다만 기린이었어도, 비둘기였어도, 뒷다리가 짧은 하이에나였어도 우리는 태어난 존재이고 자라나는 힘든 과정도 축복이라 그 힘든 시기를 겪는 것이다.

엄마가 우리를 고통 속에 낳았듯 우리도 우리 자신을 다시 태어나게 하는 것이라고, 태웅은 혼자만의 답을 찾았다.

열다섯에 곰이라니

초판 1쇄 발행 2022년 12월 20일
초판 21쇄 발행 2024년 10월 25일

지은이 추정경
펴낸이 김선식

부사장 김은영
콘텐츠사업본부장 임보윤
책임편집 김정택 **디자인** 권예진 **책임마케터** 이고은
콘텐츠사업10팀장 김정택 **콘텐츠사업10팀** 이슬, 이나영, 김유리
마케팅본부장 권장규 **마케팅2팀** 이고은, 배한진, 양지환 **채널2팀** 권오권, 지석배
미디어홍보본부장 정명찬 **브랜드관리팀** 오수미, 김은지, 이소영, 박장미, 박주현, 서가을
뉴미디어팀 김민정, 이지은, 홍수경, 변승주
지식교양팀 이수인, 염아라, 석찬미, 김혜원,
편집관리팀 조세현, 김호주, 백설희 **저작권팀** 이슬, 윤제희
재무관리팀 하미선, 임혜정, 이슬기, 김주영, 오지수
인사총무팀 강미숙, 김혜진, 황종원
제작관리팀 이소현, 김소영, 김진경, 최완규, 이지우, 박예찬
물류관리팀 김형기, 김선민, 주정훈, 김선진, 한유현, 전태연, 양문현, 이민운
외부스태프 일러스트 쩽찌

펴낸곳 다산북스 **출판등록** 2005년 12월 23일 제313-2005-00277호
주소 경기도 파주시 회동길 490
전화 02-704-1724 **팩스** 02-703-2219 **이메일** dasanbooks@dasanbooks.com
홈페이지 www.dasan.group **블로그** blog.naver.com/dasan_books
종이 신승지류유통 **인쇄** 민언프린텍 **후가공** 평창피앤지 **제본** 국일문화사

ISBN 979-11-306-9572-3 (43810)

· 책값은 뒤표지에 있습니다.
· 파본은 구입하신 서점에서 교환해 드립니다.
· 이 책은 저작권법에 의하여 보호를 받는 저작물이므로 무단 전재와 복제를 금합니다.

다산북스(DASANBOOKS)는 독자 여러분의 책에 관한 아이디어와 원고 투고를 기쁜 마음으로 기다리고 있습니다.
책 출간을 원하는 아이디어가 있으신 분은 다산북스 홈페이지 '투고 원고'란으로 간단한 개요와 취지, 연락처 등을
보내주세요. 머뭇거리지 말고 문을 두드리세요.